琼瑶作品
14
如烟辑

琼瑶

著

华语世界
深具影响力作家

望夫崖

湖南文艺出版社
HUNAN LITERATURE AND ART PUBLISHING HOUSE

博集天卷
CS-BOOKY

我为爱而生，我为爱而写

文字里度过多少春夏秋冬

文字里留下多少青春浪漫

人世间虽然没有天长地久

故事里火花燃烧热情依旧

琼瑶

浴火重生的新全集

　　我生于战乱，长于忧患。我了解人事时，正是抗战尾期，我和两个弟弟，跟着父母，从湖南家乡，一路"逃难"到四川。六岁时，别的孩子可能正在捉迷藏，玩游戏。我却赤着伤痕累累的双脚，走在湘桂铁路上。眼见路边受伤的军人，被抛弃在那儿流血至死。也目睹难民争先恐后，要从挤满了人的难民火车外，从车窗爬进车内。车内的人，为了防止有人拥入，竟然拔刀砍在车窗外的难民手臂上。我们也曾遭遇日军，差点把母亲抢走。还曾骨肉分离，导致父母带着我投河自尽……这些惨痛的经历，有的我写在《我的故事》里，有的深藏在我的内心里。在那兵荒马乱的时代，我已经尝尽颠沛流离之苦，也看尽人性的善良面和丑陋面。这使我早熟而敏感，坚强也脆弱。

　　抗战胜利后，我又跟着父母，住过重庆、上海，最后因内战，又回到湖南衡阳，然后到广州，一九四九年，到了台湾。那年我十一岁，童年结束。父亲在师范大学教书，收入微薄。我和弟妹们，开始了另一段艰苦的生活。我也在这时，疯狂地吞咽着让我着迷的"文字"。《西游记》《三国演义》《水浒传》……都是这时看的。同时，也迷上了唐诗宋词，母亲在家务忙完后，会教我唐诗，我在抗战时期，就陆续跟着母亲学了唐诗，这时，成为十一二岁时的主要嗜好。

　　十四岁，我读初二时，又迷上了翻译小说。那年暑假，在父亲安排下，我整天待在师大图书馆，带着便当去，从早上图书馆开门，看到图书馆下班。看遍所有翻译小说，直到图书馆长对我说："我没有书可以借给你看了！这些远远超过你年龄的书，你通通看完了！"

爱看书的我，爱文字的我，也很早就开始写作。早期的作品是幼稚的，模仿意味也很重。但是，我投稿的运气还不错，十四岁就陆续有作品在报章杂志上发表，成为家里唯一有"收入"的孩子。这鼓励了我，尤其，那小小稿费，对我有大大的用处，我买书，看书，还迷上了电影。电影和写作也是密不可分的，很早，我就知道，我这一生可能什么事业都没有，但是，我会成为一个"作者"！

这个愿望，在我的成长过程里，逐渐实现。我的成长，一直是坎坷的，我的心灵，经常是破碎的，我的遭遇，几乎都是戏剧化的。我的初恋，后来成为我第一部小说《窗外》。发表在当时的《皇冠杂志》，那时，我帮《皇冠杂志》已经写了两年的短篇和中篇小说，和发行人平鑫涛也通过两年信。我完全没有料到，我这部《窗外》会改变我一生的命运，我和这位出版人，也会结下不解的渊源。我会在以后的人生里，陆续帮他写出六十五本书，而且和他结为夫妻。

这世界上有千千万万的人，每个人都有自己的一本小说，或是好几本小说。我的人生也一样。帮皇冠写稿在一九六一年，《窗外》出版在一九六三年。也在那年，我第一次见到鑫涛，后来，他告诉我，他一生贫苦，立志要成功，所以工作得像一头牛，"牛"不知道什么诗情画意，更不知道人生里有"轰轰烈烈的爱情"。直到他见到我，这头"牛"突然发现了他的"织女"，颠覆了他的生命。至于我这"织女"，从此也在他的安排下，用文字纺织出一部又一部的小说。

很少有人能在有生之年，写出六十五本书，十五部电影剧本，二十五部电视剧本（共有一千多集。每集剧本大概是一万三千字，虽有助理帮助，仍然大部分出自我手。算算我写了多少字？）。我却做到了！对我而言，写作从来不容易，只是我没有到处敲锣打鼓，告诉大家我写作时的痛苦和艰难。"投入"是我最重要的事，我早期的作品，因为受到童年、少年、青年时期的影响，大多是悲剧。**写一部小说，我没有自我，工作的时候，只有小说里的人物。我化为女主角，化为男主角，化为各种配角。写到悲伤处，也把自己写得"春蚕到死丝方尽"。**

写作，就没有时间见人，没有时间应酬和玩乐。我也不喜欢接受采访和宣传。于是，我发现大家对我的认识，是："被平鑫涛呵护备至的，温室里的花朵。一个不食人间烟火的女子！"我听了，笑笑而已。如何告诉别人，假若你不一直坐在书桌前写作，你就不可能写出那么多作品！当你日夜写作时，确实常常"不食人间烟火"，因为写到不能停，会忘了吃饭！**我一直不是"温室里的花朵"，我是"书房里的痴人"！因为我坚信人间有爱，我为情而写，为爱而写，写尽各种人生悲欢，也写到"蜡炬成灰泪始干"。**

当两岸交流之后，我才发现大陆早已有了我的小说，因为没有授权，出版得十分混乱。一九八九年，我开始整理我的"全集"，分别授权给大陆的出版社。台湾方面，仍然是鑫涛主导着我的全部作品。爱不需要签约，不需要授权，我和他之间也从没签约和授权。从那年开始，我的小说，分别有繁体字版（台湾）和简体字版（大陆）之分。因为大陆有十三亿人口，我的读者甚多，这更加鼓励了我的写作兴趣，我继续写作，继续做一个"文字的织女"。

时光匆匆，我从少女时期，一直写作到老年。鑫涛晚年多病，出版社也很早就移交给他的儿女。我照顾鑫涛，变成生活的重心，尽管如此，我也没有停止写作。我的书一部一部地增加，直到出版了六十五部书，还有许多散落在外的随笔和作品，不曾收入全集。当鑫涛失智失能又大中风后，我的心情跌落谷底。鑫涛靠插管延长生命之后，我几乎崩溃。

然后，我又发现，我的六十五部繁体字版小说，早已不知何时开始，已经陆续绝版了！简体字版，也不尽如人意，盗版猖獗，网络上更是凌乱。

我的笔下，充满了青春、浪漫、离奇、真情……各种故事，这些故事曾经绞尽我的脑汁，费尽我的时间，写得我心力交瘁。我的六十五部书，每一部都有如我亲生的儿女，从孕育到生产到长大，是多少朝朝暮暮和岁岁年年！到了此时，我才恍然大悟，我可以为了爱，牺牲一切，受尽委屈，奉献所有，无须授权……却不能让我这些儿女，凭空消失！我必须振作起来，让这六十几部书获得重生！这是我的使命。

所以，在我已进入晚年的时候，我的全集，再度重新整理出版。在各大出版社争取之下，最后繁体版花落"城邦"，交由春光出版，简体版是"博集天卷"胜出。两家出版社所出的书，都非常精致和考究，深得我心。这套新的经典全集，非常浩大，经过讨论，我们决定分批出版，第一批是"影剧精华版"，两家出版社选的书略有不同，都是被电影、电视剧一再拍摄，脍炙人口的作品。然后，我们会陆续把六十多本出全。看小说和戏剧不同，文字有文字的魅力，有读者的想象力。希望我的读者们，能够阅读、收藏、珍惜我这套好不容易"浴火重生"的书，它们都是经过千锤百炼、呕心沥血而生的精华！那样，我这一生，才没有遗憾！

琼瑶

写于可园

二〇一七年十一月十日

目 录
Contents

望
夫
崖

¹望夫崖

在北方，有座望夫崖，

诉说着，千古的悲哀，

传说里，有一个女孩，

心上人，漂流在海外，

传说里，她站在荒野，

就这样，痴痴地等待！

这一等，千千万万载，

风雨中，她化为石块！

在天涯，犹有未归人，

在北方，犹有望夫崖！

山可移，此崖永不移，

海可枯，此情永不改！

望夫崖矗立在旷野上，如此巨大，如此孤独，带着亘古以来的幽怨与苍凉，矗立着，矗立着。那微微上翘的头部，傲岸地仰视着穹苍，像是在沉默地责问什么、控诉什么。这种责问与控诉，似乎从开天辟地就已开始，不知控诉了几千千几万万年，而那广漠的苍穹，依旧无语。

夏磊就站在这望夫崖上，极目远眺。

崖下丘陵起伏，再过去是旷野，旷野上有他最留恋的桦树林，桦树林外又是旷野，再过去是无名的湖泊，夏秋之际，常有天鹅飞来栖息。再过去是短松岗，越过短松岗，就是那绵延无尽的山峰与山谷……如果骑上马，奔出这山谷，可能就奔驰到世界以外去了。世界以外有什么呢？有他想追寻的海阔天空吧！有无拘无束的生活和无牵无挂的境界吧！

他极目远眺，心向往之。

走吧！走吧！骑上马，就这样走吧！走到"天之外"去，唯有在那"天之外"的地方，才能摆脱掉自己浑身上下的纠纠缠缠和那千愁万绪的层层包裹。走吧！走吧！

但是，他脚下踩着的这个崖名叫"望夫崖"，如果他走了，会不会有人像传说中那样"变成石块"？

他打了个寒噤。不会的！没有人会变成石块的！这望夫崖只是地壳变化时的一种自然现象罢了！现在已经是民国八年了，五四运动都过去了，身为一个现代化的青年，谁会去相信"望夫崖"这种传说？可是……可是……为什么他的心发着抖，他的每根神经都绷得疼痛，他的脑子里、思想里，翻腾汹涌着一个名字：

"梦凡！梦凡！梦凡……"

这名字像是大地的一部分，从山谷边随风而至，从桦树林、从短松岗、从旷野、从湖边、从丘陵上隆隆滚至，如风之怒号，如雷之震野：

"梦凡，梦凡，梦凡……"

怎么把自己弄到这个地步呢？怎么这样割舍不下，进退失据呢？怎么把自己困死在一座崖上呢？怎么为一个名字这样魂牵梦萦呢？怎么会？怎么会？怎么会……

^{2}父亲

时间追溯到十二年前。

那年，夏磊还没有满十岁。

在东北那原始的山林里，夏磊也曾有过无忧无虑的童年。跟着父亲夏牧云，他们生活在山与雪之间，过着与文明社会完全隔绝的岁月。虽然地处荒凉，日子却并不枯燥。他的生命里，有苍莽无边的山野，有一望无际的白雪，有巨大耸立的高山森林，有猎不完的野兔獐子，采不完的草药人参。最重要的是，生命里有他的父亲，那么慈爱，却那么孤独的父亲！教他吹笛，教他打猎，教他求生的技能，也教他认字——在雪地上，用树枝写名字，夏磊！偶尔写句唐诗："飘飘何所似？天地一沙鸥！"也写："乱山残雪夜，孤独异乡人！"

父亲的故事，夏磊从来不知道。只是，母亲的坟，就在树林里，父亲常常带着他，跪在那坟前上香默祷，每次祷告完，父亲会一脸光彩地摸摸他的头。

"孩子，生命就是这样，要活得充实，要死而无憾！你娘跟着我离乡背井，但是，死而无憾！"父亲抬头看天空，眼睛迷蒙起来，"等我走的时候，我也会视死如归的，只是，大概不能无憾吧！"他

华语世界深具影响力作家琼瑶

歌颂无常生命中的永恒爱情

13《新月格格》

14《望夫崖》

15《雪珂》

16《白狐》

17《青青河边草》

18—19《苍天有泪（全二册）》

琼瑶作品
如烟辑

低下头来瞅着他，"小磊，你就是我的'憾'了！"

他似懂非懂，却在父亲越来越瘦弱，越来越憔悴，越来越没有体力追逐野兽、翻山越岭的事实中惊怕了。父子间常年来培养出最好的默契，很多事不用说，彼此都会了解。这年，从夏天起，夏磊每天一清早就上山，疯狂地挖着找着人参，猎着野味……跑回小木屋炖着、熬着，一碗一碗地捧给父亲，却完全治不好父亲的苍白。半夜，父亲的气喘和压抑的咳声，总使他惊跳起来，无论怎么捶着揉着，父亲总是喘得上气不接下气，身子佝偻抽搐成一团。

"死亡"就这样慢慢地迫近，精通医理的父亲显然已束手无策，年幼的夏磊满心焦灼，却完全不知如何是好。就在这时候，康秉谦闯入了他们的生活。

那天，是一阵枪声惊动了夏磊父子。两人对看一眼，就迅速地朝枪响的地方奔去。那个年代，东北的荒原里，除了冰雪野兽，还有土匪。他们奔着，脚下悄无声息。狩猎的生活，已养成他们行动快速而无声的技能。奔到现场附近，掩蔽在丛林和巨石之间，他们正好看到一群匪徒，拉着一辆华丽的马车和数匹骏马，吆喝着，挥舞着马鞭，像一阵旋风般卷走，消失在山野之中。而地上，倒着三个人，全躺在血泊里。

"小磊！快去救人！"夏牧云嚷着。

夏磊奔向那三个人，飞快地去探三人的鼻息。两个随从打扮的人已然毙命，另一个穿着皮裘、戴着皮帽的人，却尚有呼吸。父子俩什么话都没说，就砍下树枝，脱下衣裳，做成了担架，把这个人迅速地抬离现场，翻过小山丘，穿过大树林，一直抬到父子俩的小木屋里。

这个人，就是在朝廷中，官拜礼部侍郎的康大人——康秉谦。

后来，在许许多多的岁月里，夏磊常想，康秉谦的及时出现，像是上天给父亲的礼物。大概是父亲在母亲坟前不断默祷，终于得到了回响。命运，才安排了这样一番际遇！

康秉谦在两个月以后，身体已完全康复。他和夏牧云在旷野中，歃血为盟，结拜为兄弟。

那个结拜的场面，在幼年的夏磊心中，刻下了那么深刻的痕迹。那天的天空特别地蓝，雪地特别地白，高大的针叶松特别地绿，袅袅上升的一缕烟特别地清晰，香案上的苹果特别地红……康秉谦一脸正气凛然，而父亲——夏牧云显得特别地飘逸，眼中，闪着那样虔诚热烈的光彩。

"皇天在上，后土在下！"康秉谦朗声说。

"天地日月为鉴！"夏牧云大声地接口。

"我——康秉谦！"

"我——夏牧云！"

"在此义结金兰！"

"拜为兄弟！"

"从此肝胆相照！"

"忠烈对待！"

"至死不渝，永生不改！"

两人对着香案，一拜，再拜，三拜。

夏磊看得痴了。这结拜的一幕和两人说的话，夏磊在以后的岁月里，全记得清清楚楚。结拜完了，父亲把夏磊推到康秉谦面前：

"快跪下，叫叔叔！"

夏磊跪下，来不及开口叫，康秉谦已正色说：

"不叫叔叔，叫干爹吧！"

父亲凝视康秉谦，康秉谦坦率地直视着父亲：

"你我兄弟之间，还有什么顾虑呢？把你的牵挂，你的放心不下，全交给我吧！我们康家，世代书香，在北京有田产有房宅，人丁兴旺，我有一子一女，不在乎再多一个儿子！从今以后，我将视你子如我子，照顾你子更胜我子，你，信了我吧！"

父亲的眼眶红了，眼睛里充泪了，掉过头来，他哑声地命令夏磊：

"快叩拜义父！叫干爹！"

夏磊惊觉到有什么不对了，好像这样磕下头去，就会磕掉父亲的生命似的。他心中掠过一阵尖锐的刺痛，跳起身子，他仰天大喊了一声：

"不……"

一面喊着，一面拔脚冲进了树林里。

那天黄昏，父亲在山崖上找到了他。

"小磊，我已经决定了！明天，你就跟着你干爹到北京去！"

"不！"夏磊简单地回答了一个字。

"一定要去！去看看这个京城重地，去做个读书人。这些年来，爹太自私，才让你跟着我当野人！你要去学习很多东西，计划一下你的未来……"

"不！"

"你没有说'不'的余地！这是我的决定，你就要遵照我的决定去做！"

"不！"

"怎么还说'不'？"父亲生气了，"你留在这山里有什么出息？如果我去了，谁来照顾你？"

"如果我去了，谁来照顾你？"夏磊一急，憋着气反问了一句，脸涨红了，脖子都粗了，"我高兴在山里，是你把我生在山里的！我就要留在山里！"

"我选择山里，是我二十五岁以后的事！等你长大到二十几岁，你再选择！现在，由不得你！你要到北京去！"

"不！"

"你听不听话？"

"不！"

"你气死我了！"父亲气得浑身发抖，气得又咳又喘，"好！好！你存心要气死我……你气死我算了……"

"爹！"他大嚷着，心里又怕又痛，表面却又犟又倔，"我走了，谁给你去采药？我走了，谁给你打野兔吃？谁给你抓野鸡呢？"

父亲瞪了他好半晌，默默不语。

那天夜里，父亲吊死在母亲坟前的大树上。在夏磊的枕前，他留下了一张纸条：

　　　　小磊：爹走了！为了让你不再牵挂我，为了让你不再留恋这片山林，为了让你全心全意去展开新的生命，为了，断绝你所有的念头，爹——先走一步！你要切记，永远做你干爹的好儿子，不许辜负他的教诲！因为，他的教诲，就是爹的期望！

夏磊看着已断气的父亲，握着父亲的留字，他简直无法相信这是事实，父亲死了！死了！死了！这件最害怕的事骤到眼前，他快要发狂了。悲痛和无助像潮水般把他淹没，他冲进树林里，跌跌撞撞地扑向树干，疯狂地用拳头捶着树，大声地哭叫了出来："爹！我不要你死！我不要我不要！爹！你活过来！你活过来……爹……娘……"

他哭倒在树林里，声嘶力竭。树林里的鸟雀，都被他的哭声惊飞出来。

康秉谦取下了夏牧云的尸体，他掘了个洞，把夏牧云葬在他妻子的旁边。

"牧云兄！现在，你就安心地去吧！再也没有人世的重担可以愁烦你了！再也没有身体的病痛可以折磨你了！而今以后，你的儿子也就是我的儿子了！你——请安息吧！"

他走过去拥住夏磊。而夏磊，扑倒在父母坟前，只是不断地——不断地哀号：

"爹，娘！你们都不管我了？你们都不要我了？爹！娘！爹！娘……"

他喊着喊着，喊得声音沙了，哑了，再也喊不出声音来了，他还是喊着，哑声地喊着，沙声地喊着，直到无声地喊着。

3 梦凡

第一次见到梦凡，就在康家那巍峨的大门里。

夏磊跟着康秉谦，一路上换车换马换轿子，走了将近一个月，才走到北京城。这一路的火车汽车马车人力车，对他全是新奇，而城市里的人来人往，车水马龙，更是见所未见，闻所未闻。但是，这些新奇的事事物物和父亲的死亡比起来，仍然太渺小太微不足道了。他在整个旅途中，都十分沉默，也从不肯喊康秉谦为"干爹"。他强硬、冷漠，咬牙忍受着内心的孤苦，把自己整个心灵，封闭在一道无形的围墙以内，不让任何人走进这道墙。

但是，他走进了康家的围墙。

忽然间，发现自己置身在一个幻境般的大花园里，确实让他眼花缭乱。从不知道，住宅可以拥有这么多的房间。眼前的假山、湖泊、楼台、亭阁、水榭、小桥，和那曲曲折折的长回廊，简直是不可思议的！他还没有从这份惊愕中清醒过来，就又被康家那簇拥而至的人所惊呆了！一个家庭里怎么会有这么多人呢？大家从各个角落奔过来，叫老爷的叫老爷，叫大人的叫大人，叫名字的叫名字，叫爹的叫爹……一时间，站着的、跪着的、倒头就拜的，把小小的夏磊看得目瞪口呆。而康秉谦，却推着夏磊，不停地说：

"小磊，这是你干娘，小磊，这是你眉姨娘，这是胡嬷嬷，这是康勤、康忠、康福……这是梦华……这是银妞、翠妞、老李……"

夏磊还什么人都闹不清楚，就被一个雍容华贵的女人拥进了怀里，一阵幽幽的清香窜入鼻内，皮肤接触的是绫罗绸缎的酥软，眼光接触的是珠围翠绕的美丽，耳内听到的是慈祥无比的温柔：

"哦！这就是我们恩公的孩子了！小磊，我是你干娘，我会好好地疼你！我会好好地怜惜你……你放心，从此你就是我们家里的少爷了！"

夏磊三岁失去亲娘，以后就没和女性接触过，这样被拥在一个女人的怀中，真是浑身不自在。他扭动了一下肩膀，硬生生挣扎出了康太太——咏晴的怀抱。

咏晴呆了呆，抬头看秉谦：

"老爷啊，你平安回来就好！以后再也不要远行了！你实在把我们全家都吓得魂不守舍啊！"

"是啊！是啊！"几百个声音在接口，"我们早烧香，晚烧香，总算把你给盼回来了！老爷啊……"

"老爷洪福齐天，遇难呈祥，转危为安，我们大家给老爷磕头道贺……"

一地丫头、老妈子、家丁、仆佣、随从，全磕下头去。

夏磊真的眼花缭乱，糊里糊涂了。

"爹……"

一声清脆无比的呼唤，拉长了尾音，带着真挚的思念和孺慕的崇拜，娇娇嫩嫩地传了过来。夏磊闻声抬头，只见一个穿着红色绣花衣裳，戴着一身珠珠串串，梳着两条大发辫的小女孩，沿着那回廊狂奔而来，身上的珠珠串串发出叮叮当当的细碎声响，头上的簪饰摇摇颤颤……康秉谦张开了双手，喜悦满布在他风尘仆仆的脸上，他怜爱至极地喊了一声：

"梦凡！"

"爹爹！"梦凡扑进秉谦的怀里，脸上又是泪又是笑，"爹爹！我知道你会回家的！康勤说你失踪了，可是，我就知道你会回家的！娘哭，眉姨哭，哥哥哭……大家哭，我就是不哭，因为我知道你一定一定会回家的……"

清清脆脆的声音，叽叽呱呱地说着。

"还说呢！"九岁的梦华挺身而出，"不哭不哭？是谁半夜跪在祠堂里求爷爷奶奶保护呢？是谁跑到桦树林里去偷偷哭呢？"

"哥哥。"梦凡把埋在秉谦怀中的头抬起来，细着嗓音说，"你好讨厌哟！"

大家笑了，康秉谦也笑了。

"来！梦华，梦凡。"康秉谦拉过自己的一儿一女，又拉过夏磊来，"这是你们的磊哥哥，他比你们两个大一点点，以后，你们就叫他磊哥哥！小磊！"他回头看夏磊，"这是梦华和梦凡！"

夏磊瞪着眼，一语不发地看着梦华和梦凡，这样漂亮的孩子，夏磊从来没有见过。梦华戴着小帽，脑后拖着辫子，唇红齿白。梦凡眉目如画，眼睛水汪汪的，梦凡是世界上最好看的女孩。

"爹。"梦凡推推秉谦，"他怎么剪了辫子？"

"他一直住在东北的山上，他爹……没时间给他梳头，所以剪了辫子！"

"他爹呢？"梦凡急急问。

"他爹死了！他从此是咱们家的孩子了！"

"哦……"梦凡哦了一声，又拉长了细细的嗓音，一个字里，包含着几百种同情。

"来！"秉谦抬头看着一大群的丫鬟仆佣，"你们大家听着，夏磊是我的义子，从此和梦华梦凡平起平坐！你们来见过磊少爷！"

丫鬟仆佣等惊讶、好奇地看着夏磊，往前一步，一字排开，全体跪下。

"见过磊少爷！"

夏磊大吃一惊，从没见过这等阵仗。他连退了两步，逼出一句话来：

"我不是少爷！"

"哦，爹爹。"梦凡小小声说，"原来他会说话！"

他瞪了梦凡一眼。搞了半天，你把我当哑巴不成？

"胡嬷嬷。"咏晴拿出女主人的气势，开始分派了，"你以后就侍候着磊少爷！把清风轩那间大卧房收拾起来，给他住吧！至于衣裳，只好先穿梦华的，再让裁缝来做！现在，先带他去洗个澡吧！"

"是！"胡嬷嬷应声而出，去牵夏磊的手，"走吧！"

夏磊抽回了自己的手，非常僵硬地跟着胡嬷嬷而去。

那晚，夏磊坐在他那大卧房的炕床上，完全不想睡觉。柔软的床褥，绣花的被面，雕花的床沿，洁白的衣裤……一切一切，都太陌生了，太不真实了。连胡嬷嬷，那整洁清爽，面目慈祥的中年女佣，也是陌生的。

"磊少爷，想不想吃点什么呢？"胡嬷嬷柔声问。

"不！"

"那么，要不要看什么书呢？"

"不！"

"去花园里逛逛、玩玩呢？"

"不！"

胡嬷嬷没辙了。刚到康家的夏磊，似乎只会说"不"字。胡嬷嬷望着夏磊，两人大眼瞪小眼，不知道该怎么办才好。就在这时候，门口有声音在响，两人同时往门边看去。小梦凡站在门外，伸个头往里面偷看。

"哈！梦凡小姐！"胡嬷嬷找到了救星一般，"你来和磊哥哥聊聊天吧！他大概是想家，又不吃又不睡的，我拿他真没办法哟！"

梦凡再伸头往里看，忽然间，她跨过门槛，小跑步地跑到了床边，很快地把手中一件软乎乎的东西往夏磊怀里塞去，说：

"我把我的'奴奴'送给你！有了'奴奴'，你就不会想家了，你可以和'奴奴'一起睡，把你心里的话，都说给他听！"

"奴奴？"夏磊诧异地看着手中毛茸茸、黑乎乎的东西，惊愕极了，"这是什么东西？"

"是狗熊娃娃呀！"

狗熊娃娃？听都没听过的词，太奇怪了。他瞪着手里的狗熊，原来城里的人，和假狗熊一起睡觉？太奇怪了！他抬眼看梦凡，梦凡满眼睛的笑，对那假狗熊投去不舍的一瞥。忽然间，他有些体会出来，她对这"奴奴"是多么珍惜难舍的。一句"我不要"已经到了嘴边，不知怎的竟咽回去了。伸手摸摸那充满"女孩子气"的玩具，居然也在那假狗熊身上，摸到了一些温暖。第二天早上，全家坐在康家餐厅里吃早饭。

夏磊面对满桌子的菜肴，再一次目瞪口呆。怎么可能呢？早餐就有木须肉？炸小丸子？还有热腾腾的包子、饺子、面饽饽、小窝窝头？和许多叫不出名目来的各色小点心！咏晴和心眉两位夫人，忙不迭地往夏磊碗里夹菜：

"尝尝这蒸饺，是香菇馅呢！"

"这是枣泥酥，甜的！"

"要不要来碗炸酱面，叫厨房里去下？"

"这葱油烙饼，要趁热吃！"

"怎么不吃呢？动筷子啊！"

"还有碗呢？端起碗来喝点粥呀！"

夏磊被动地拿起筷子，端起碗，望着碗里堆得像小山般的菜肴，忽然间思潮泉涌，喉中哽起了一个硬块。他"哐"地放下碗筷，跳起身来，拔脚就往屋外跑去。

"怎么了？怎么了？"咏晴不解地嚷着。

"让他去吧！"秉谦看了一眼胡嬷嬷，"让他到后面的桦树林里去透透气吧！只有那儿，和他的东北有一点点像！"

夏磊奔进了桦树林。

四顾无人。夏磊抬头看树，看天，看旷野，看旷野外的短松岗，和远处绵延不断的山峰。他再也压制不住自己激动的情绪，他放声狂叫：

"不要……不要……不要……不要……"

一面叫，一面奔跑，每碰到一棵树，就对那棵树拳打脚踢。他疯狂地奔窜，疯狂地大喊，最后，停在一棵巨大的桦树前面，他捶着树干，捶到拳头破了皮。

"不要……不要……不要……不要……"

"磊哥哥！你做什么？你吓死我了！"

夏磊一惊抬头，梦凡捧着一盘包子点心走进树林，被夏磊如此强烈的情绪发泄，吓得手一松，包子馒头蒸饺窝窝头撒了一地。梦凡急急奔上前来，去拉夏磊的胳臂：

"你不要什么？你才不要呢！不要这样！不要捶那个树干，你看，你的手流血了！你……你为什么要这样子嘛！"

夏磊望着梦凡，十岁的孩子，再也藏不住满腔的伤痛，心里的话，不能不说了：

"我不要这样啊，我不甘心啊！刚才，吃饭的时候，我只是想……我爹，从来没吃过那么好的菜……我很想，留下来给爹吃……"

话哽在喉中，说不下去，泪，就夺眶而出了。

八岁的小梦凡呆呆看着夏磊，似乎眼泪是有传染性的，她眼眶一红，泪水也滴了下来。

"可是……磊哥哥。"她轻声说，"我爹，他爱你，像你爹一样啊！"

说着，她就抓起夏磊流血的手，鼓着腮帮子，拼命对那伤口吹着气。

从小，夏磊在山中奔奔跑跑，几乎经常受伤。但他从来不知道用嘴吹气可以止痛。但，小梦凡所吹的气，确实收到止痛的疗效——不只手上的伤，心口的伤也在内。

在以后的岁月中，夏磊常常回想，梦凡，大概在他那懵懂的年纪里，就这样进驻了他的心灵。

⁴ 陀螺

夏磊和梦华的战争，是从一个陀螺开始的。

就像没见过玩具狗熊一样，夏磊从不认识陀螺。

刚到康家，要学习的事实在太多，要熟悉的人也实在太多。尽管康家上上下下待夏磊都好，夏磊始终无法排除自我的孤独。他落落寡合，不爱说话，不合群，也不做任何游戏。他为自己所设的那堵围墙，仍然关得紧紧的。

这天，夏磊站在花园里，看着远处的云和山发愣。忽然间，有个陀螺打到了他的脚边。他惊奇地看着那个旋转不停的东西，太奇怪了！自从到康家，奇怪的东西真不少。

"嗨！"梦华兴高采烈地抓起陀螺，"我们来比赛好不好？"

"这是什么？"

"陀螺！"梦华大声说，"你连陀螺都没有见过吗？"梦华脸上，不由自主地，浮起轻蔑的表情。

"借我看看！"夏磊拿过陀螺，开始上下翻找，想找出会转的理由。木制的陀螺构造简单，翻来覆去看不出名堂。

"你到底要玩还是不要玩？"梦华不耐地说，一把抢回了陀螺，"我玩给你看！"

梦华用绳子绕在陀螺上，一抽一甩，陀螺在地上不停地旋转，煞是好看。夏磊呆住了。

"这样就会转？里面有机关吗？为什么会转？"

"因为有鞭子呀！呆瓜！"

梦华开始抽打陀螺，每当陀螺快倒下，鞭子就抽下去，陀螺又继续旋转。太奇怪了，真是太奇怪了。

"借我试一下！"

夏磊拿起绳子和陀螺，依葫芦画瓢，一试之下，陀螺落在老远的台阶上，跳了跳，就躺下了。夏磊太不服气了，拾起陀螺，再绕，再甩，陀螺飞上屋檐，落下来，又躺下了。夏磊执拗起来，心浮气躁地拾起陀螺，又要绕。

"喂喂！"梦华生气了，"那陀螺是我的啊，还给我！又不肯比赛，又霸占别人的陀螺！"

夏磊已经和那个陀螺铆上了，根本听不见梦华的吼声。他兀自绕着甩着，陀螺满花园滚着。

"还我！还我！"梦华满花园追着陀螺，奈何夏磊手脚灵活，总是抢先一步拾起陀螺。梦华这一下气炸了，开始去抢鞭子，夏磊高举双手，继续绕着陀螺，就是不让梦华得手。梦华一怒之下，对着夏磊的肚子，就一拳打去："笨蛋！不会玩还抢人家的东西！笨蛋！野人！"

夏磊一怔，莫名所以地看着梦华。梦华越想越气，又对着夏磊一脚踢去。

"你走！你走！你不要来我家！我们家不要你！"

　　夏磊负伤，瞪视着梦华，把绳子、陀螺全丢在地上。梦华去捡陀螺，正好夏磊拔脚走开，两人一撞，梦华站不稳，一脚踩在陀螺上，就摔了个四脚朝天。

　　"哇！"梦华何曾受过这种气，放声就哭，"你抢我的陀螺，你还打我！哇！"他高声哭叫起来，"磊哥哥打人……哇……磊哥哥是强盗土匪，哇……"

　　这一哭不打紧，咏晴身边的两个丫头银妞翠妞，秉谦的姨太太心眉，还有梦凡和胡嬷嬷，都冲了过来，扶小少爷的扶小少爷，拍灰的拍灰，擦眼泪的擦眼泪……心眉看着夏磊，一脸的不可思议，收养的孩子居然敢对小少爷动武？

　　"小磊，你怎么可以打梦华呢？他是咱们家的小祖宗呢！来来来，拉拉手，讲和吧！"

　　"呜哇……哇……"梦华哭得更大声，"我不要跟他讲和！他是野人！我讨厌他！他不会玩陀螺，又要抢人家的陀螺！我讨厌他！"

　　夏磊惊怔地看着梦华，心里沉甸甸地压上了什么，只觉得无聊至极。他看着地上那个陀螺，走过去，他一脚对陀螺踢去，陀螺飞进了康秉谦的书房，"哐啷"一声，不知道把什么东西打碎了。他回过身子，看到呆若木鸡的梦凡和满脸惊慌的胡嬷嬷。

　　"哎哟！磊少爷！你有话好好说啊！这下可闯祸了！"胡嬷嬷直搓着手，"砸坏了老爷的古董，你可怎么好？"

　　正说着，康秉谦已手持陀螺，怒冲冲地走出房。

　　"谁把陀螺扔进房里来的，是谁？"康秉谦怒吼着。

　　大家都呆呆站着，只有梦华精神抖擞地指着夏磊：

“是他！是他！他一脚把陀螺踢进去的！”

“你用脚踢陀螺？”康秉谦困惑极了，大惑不解。转而一想，明白过来，声音立刻柔和了，“你不知道陀螺是要用绳子抽的，是不是？你以为是用脚来踢的，是不是？”

“不是！不是！”梦华叫着嚷着，“他学不会，学来学去学不会！他故意用脚去踢！他故意的！”

“是吗？”康秉谦看着夏磊，“你故意的？”

夏磊发现人人都瞪着自己，好像自己是个怪兽似的。他忽然生出极大的愤怒来。

“是的！我故意的！我就是要用脚踢！”他一仰下巴，在众人惊愕的注视下，转身就走。我回东北去！他想。我回到小木屋去！那儿没有轻视的眼光，没有种种的规矩，没有责难的声音，也没有人骂他土匪、强盗、小野人……

他并没有走成。东北在什么方向，他实在搞不清楚，要从大门出去，还是后门出去，他也搞不清楚。来的时候又是车又是马，还走了一个多月，回去要走多久？他太没把握了。何况，那晚，梦凡拿了一个陀螺、一根绳子，走进他的房间。

“我把我的陀螺送给你！”她绽放着一脸的笑，“你只要常常练习，陀螺就会一直转一直转的……”

他对陀螺太好奇了。他无心计划回东北了。接下来的日子，他忙不迭地偷偷练习。真的，陀螺会一直转一直转。梦凡给他的那个陀螺，漆着红白相间的条纹，顶上还有朵小蓝花，转起来真是好看极了。

^{5} 追风

夏磊和梦华的第二次冲突，起因是"追风"。

"追风"如今已是一匹壮硕的大马了，载着夏磊和梦凡两人，都能在旷野、树林、草原和山丘上飞驰。终有一天，"追风"也能载着夏磊，直奔那"天之外"去吧！但是，当年，追风初来康家，却是一匹只有梦凡那么点高的小马。

"磊少爷！磊少爷！"胡嬷嬷上气不接下气地嚷着，"快去后院里瞧瞧去，老爷买了一匹小马来送给你呀！"

"小马？"夏磊不信任地睁大了眼睛，"小马？"他大声问着，拔脚就直冲向后院。

真的！一匹红褐色的小马，正在后院里吃着干草。康秉谦在对康勤康忠交代养马之道，梦凡梦华全兴奋得涨红了脸，喘着气在旁边又跳又叫：

"爹！你真伟大，你怎么想起买小马！"梦凡又拍手又笑又蹦，"是活的小马耶，不是玩具耶！"

"爹！有没有马鞍呢？我现在就骑可不可以呢？"梦华过去拍抚马的鬃毛，兴冲冲地问。

"别闹别叫！"康秉谦的眼光扫向三个孩子，落在脚步踌躇的夏磊脸上，"这匹小马是我买给小磊的，你们两个要骑，一定要得到小磊的同意！"秉谦走过去，把夏磊推到小马旁边，"瞧！这是你的小马，以后，想家的时候，就骑着小马，到桦树林里去走走，到后面山上去跑跑，最远，不要越过'望夫崖'！"

　　夏磊目不转睛地瞪视着那匹小马。看到小马那温驯的黑眼珠，又闻到小马身上那种熟悉的干草和牲口的气息，他觉得自己整颗心都热烘烘的，在胸腔里膨胀起来。他真想拥抱康秉谦呀，他真想高声喊出自己的狂喜呀！但他仍然不习惯在人前表达感情，压制了要欢呼的冲动，他只是讷讷地、呼吸急促地、不太相信地问："是……给我的？真的……是……给我的？"

　　"是呀是呀！"康秉谦说，"你爹告诉过我，你们以前有一匹很漂亮的马……"

　　"它的名字叫'追风'！"夏磊接口，"它跑得和风一样快！可是，它后来好老好老，生病死掉了！"

　　"现在，你又有一匹'追风'了！"康秉谦柔声说，抬头看康勤，"康勤，给它把马鞍配上！"

　　"是！"康勤忙着去配马鞍，"磊少爷，赶快来骑骑看！"

　　夏磊还来不及从兴奋中醒觉，梦华已一冲上前，拦住了马，大声地嚷了起来：

　　"爹！你偏心！为什么把小马送给磊哥哥？我要小马！爹！你送给我！磊哥哥如果要骑，先要得到我的同意！我要小马！我一定要！"

　　"不行！"康秉谦严肃地看着儿子，"你从小，要什么有什么，吃的、玩的，你件件不少！小磊……他什么都没有，难得……找到一件他喜欢的东西……"

"不不不!"梦华任性地跺着脚,"我什么都不要!我只要小马!我把我的东西通通送给他,我全不要了,就要这匹小马……"

"胡闹!"康秉谦有些生气了,"我说是给小磊的就给小磊,谁都不许再多说一句!"他瞪着梦华,"从今以后,你要学着兄友弟恭!不能如此霸道!"

"爹!你偏心!你偏心!"梦华大喊大叫。

"我看,不是我偏心,是你被宠得无法无天了!"康秉谦气冲冲地说完,拂袖而去。

"好了好了,梦华少爷。"康勤息事宁人地笑着,"咱们跟磊少爷打个商量,大家轮流骑,好不好?"

"我不要!"梦华恨恨地怒瞪着夏磊,双手握着拳,"你这个小野人,你为什么不回你的东北去!"

"哥哥!"梦凡惊呼着,"爹说过,不可以叫磊哥哥是小野人,不可以骂他,爹说过,我们三个要相亲相爱的!你怎么又骂人了?"

"我就骂!我就骂他!"梦华对着夏磊大吼,"小野人!小野人!小野人!小野人……"他一连串叫了几十声小野人。

"哥哥!"梦凡太难过了,眼圈都红了,"你怎么这个样子?你再骂人,我就和你……绝交!"

"绝交就绝交!"梦华喊着,"以后不跟你们一国了!我找天白和天蓝去!"嚷完,梦华一掉头,跑走了。

天白和天蓝,这是康家经常提在嘴上的名字,夏磊来康家没几天,已经听到好些人提过这两个名字,但他无心去注意这个,"追

风"带来的兴奋太大了，大得连梦华给他的屈辱，都变得微不足道
了。他迫不及待地就上了马背，熟悉地控着马缰，他绕着后院小跑
了一阵。

　　"康勤。"他央告着，"打开后门，让我们去旷野里走一走！"

　　"这……不大好吧？"康勤有些犹豫。

　　"爹说可以的！"梦凡热烈地说，"爹说，只要不越过望夫崖，就
可以的！"

　　"好吧！"康勤笑了，"没办法，我陪你们去吧！"

　　夏磊太快乐了。他对着梦凡一笑。

　　"你也上马吧！坐在我前面，我会保护你，不会让你摔跤的！"
梦凡眨了眨眼睛，很迷惑地看着夏磊，然后，她掉过头去，对康勤
小小声地说：

　　"康勤，原来他……他'会笑'！"

　　康勤听了，忍不住要笑。夏磊瞪着梦凡：傻瓜，原来你以为我
不会笑？他鼓着腮帮子，想装出一副严肃的样子来，却"噗"地笑
出声。梦凡一见如此，也呵呵笑了起来。

　　康勤把梦凡扶上了马背，去打开了后门。夏磊一拉马缰，就这
样奔驰进桦树林，又奔驰进旷野，奔驰在北方那耀眼的阳光下了。

⁶望夫崖下

一连好几天，夏磊和梦凡骑着马在原野里奔跑。起先，康勤总是跟着，后来，看到小马十分温驯，夏磊的技术又非常高明，也就放了心。两个孩子，在没有大人的监视下，胆量就大了起来，马蹄奔驰的范围，也越来越广。

桦树林和旷野，是非常熟悉的。湖畔和短松岗，也都探险过了。杏树林和枫树林，都不够深幽。南边的小径直通北京大马路，当然不好玩。西边的岩石区，却充满了原始的奇趣……

这天午后，他们终于停在望夫崖下。

把追风系在林中，两人站在耸立的巨崖之下，抬头望着那高不可攀的巨石，两人都感到前所未有的震慑。

"这大概就是望夫崖了。"梦凡小声说。

夏磊抬着头，仰望那巨崖的顶端，那儿，又凸出另一块石头，远远望去，像一个女人的头像。夏磊开始绕着这巨崖的底部走，拨开深草和荆棘，找寻登崖的途径。

"你要做什么？"梦凡问。

"爬上去看看！"

"不可以呀！"梦凡大惊，"胡嬷嬷说，望夫崖上面有鬼呀！"她害怕地扯着夏磊的衣袖，"咱们走吧！"

"鬼？"夏磊继续绕着岩找寻，"我爹说，世界上根本没有鬼！"

"有的有的！"小梦凡拼命点头，拼命咽着气，"银妞说，望夫崖上有个女鬼，常常把人从崖上面推下去！所以，不可以上崖！"

夏磊所有的好奇心都被勾了起来。

"这样啊？"他怀疑地问，"我更要上去看看，那女鬼长什么样子！"

他找着找着，终于找到岩壁上的几个凹洞，显然是别人登岩时留下的。他兴致大增，手脚并用，就开始爬岩。一面爬，一面对梦凡喊着：

"你在下面等我，我上去看看，很快就下来！"

小梦凡四面张望，旷野寂寂无人，巨岩在地上投下一个巨无霸似的阴影，看来狰狞可怖。梦凡恐惧地大叫了一声：

"不！我不敢一个人在下面！我跟你一起上去！"

说着，梦凡忙不迭地也手脚并用，循着夏磊的足迹，往上面爬。梦凡从来没爬过崖，平常，连家里的梯子都不敢爬，才上了两级，已经手脚全发起抖来。

"等等我！等等我！"她喊着。

夏磊回头一看。

"慢慢走！不要怕！"他鼓励着，"其实，一点也不难，来，手给我，我拉你一把！"

梦凡仰着脸，小心翼翼地要腾出一只手给夏磊，两条腿抖得更加厉害，心里怕得要死。手才腾出来，身子就无法平衡，脚一个站不牢，直往下滑去。她尖声大叫：

"磊哥哥！"

夏磊直冲下崖，去扶住梦凡。梦凡站定，脸色吓得雪白雪白，乌黑的眼珠睁得好大好大。其实，两人都没爬上去多少。

"你摔着了没有？摔伤了没有？"夏磊忙问。

"没有！"梦凡拍着自己满衣服的灰尘，"可是，我吓死了！"她喜欢用"可是"两个字，从小，这两个字就是她的口头禅。

夏磊抬头看看那崖，没爬上去，实在太遗憾了。

"下次等我一个人的时候，我再来爬！"他下决心地说，此崖，是无论如何要上去的，"我们回去吧！"

回到家里，胡嬷嬷一看到两人这一身泥，就吓了一跳。等到知道两人去爬望夫崖，就更是三魂少了两魂半。把两个孩子，拉到井边去梳洗一番，她斩钉截铁地说：

"不可以！以后绝不可以再爬了，那是个不吉祥的地方呀！有好多传说呀！"

"不吉祥？"夏磊更好奇了，"为什么不吉祥？有什么传说呢？"

"传说……传说很久很久以前，有个妇人在那山头上望她的丈夫回家，她望了好久好久，丈夫都没有回来，日子一久，她就化成一块石头了，就站在那崖上！"

两个孩子有点迷糊，可是觉得这故事挺好听的。

"后来，更可怕的是，有很多情人都选那个地方殉情，还有些女人，失去了丈夫，或者有什么不如意，就会爬到那崖上去寻个了断！"

"殉情？什么是殉情？"梦凡问，"什么是了断？"

　　"就是想不开，往崖下面'啪'地跳下去！"

　　"跳？"夏磊佩服得五体投地，"这么厉害？"

　　"厉害？"胡嬷嬷瞪了夏磊一眼，"撞到地上就死翘翘了！历年以来，跳崖的人就没一个救活的！所以啊，那个地方全是孤魂野鬼呀！你们两个给我记着，再也不许去爬那个望夫崖！"

　　夏磊听着，觉得那高耸入云的望夫崖，更加地神秘，更加有种不可思议的吸引力了。

　　总有一天，他会爬上去的。他非常确信这一点。

⁷ 出走

还没等到他再爬望夫崖，他就离开康家，毅然出走了。

事情的经过是这样的：

那天一早，夏磊像往常般去马厩刷马，一到马厩，就发现，追风不见了。这一惊非同小可，他喊着，叫着，满后院找着，康家的几个忠仆，康勤、康忠、康福、老李全出动了，帮忙找小马。后门闩得好好的，边门也闩得好好的，大门也闩得好好的……追风就是这样不翼而飞。

"追风不见了！追风不见了！追风不见了！"夏磊哭着，叫着，好几重的院落，他一重重地奔来奔去，悲切万状。康秉谦、咏晴、心眉、银妞、翠妞、胡嬷嬷、小梦凡……全跟着一起乱。只有梦华，站在花园当中的大槐树下，背着双手，好整以暇地说：

"追风走了，已经走到好远好远的地方去了，不会回来了！"

"你怎么知道？"康秉谦惊问着。

"因为是我把它放走的！"梦华不慌不忙地说，"昨天半夜里，我就打开后门，把它赶到树林里，它起先不肯走，我就一直吼它，骂它……它后来就飞快地跑掉了！"

"什么？"康秉谦大叫，"你放掉它？你为什么这样做？"

"因为我恨死那个小野人了!"梦华坦率地挺着胸膛,"凭什么他有小马,我没有小马?"

"你……"康秉谦气得浑身发抖,话都说不出来,"你……这个混账东西!"他终于大吼出声,冲过去,一把抓起了梦华,往大厅里拖去,"康忠,给我拿家法来!我不好好教训他,我今天就不姓康!"

"老爷!手下留情呀!"咏晴悲呼着,"他年纪小,不懂事呀……"

"是啊!是啊!"心眉也跑过去,扯康秉谦的衣袖,"咱们家就这么一个男丁呀,别打坏了他……"

"老爷啊,息怒呀!"银妞喊。

"老爷啊,千万别动家法啊……"

一时间,喊声、叫声、求声、梦华的哭声、康秉谦的责骂声……乱成了一团,全体的人都拥进了大厅。接着,鞭打的声音重重地传出来,梦华尖声地哭叫,康秉谦狂怒地吼骂:

"你这样不仁不义,没有爱心,没有仁慈……我简直白养了你,白疼了你!我打死你……"

"娘!娘!娘!"梦华哭得上气不接下气,"救我!救我!娘!痛死了!娘……"

"秉谦啊!"咏晴逼急了,流着泪喊出一句,"为了别人家的孩子,你硬要打死自己的孩子吗?"

夏磊看着、听着,心中乱糟糟地痛楚着。他抬头看那雕梁画栋的楼台亭阁,低头再看那花团锦簇的重重庭院,感到这一切一切,都不是自己的。自己的世界,在东北的荒漠上,在东北的雪原里。那天的纷乱,终于平息。梦华挨了一顿打,全世界的人都去安慰梦华。康秉谦去祠堂里，对着祖宗牌位生气。夏磊独自打开后门，去树林里、旷野里，呼唤着追风的名字。

"追风！你在哪里？追风！你回来哦！追风！追风！追风！你在哪里？"

他把手圈在嘴上，极力呼唤。唤了片刻，觉得有人追随着自己，他回头一看，小梦凡屏着气站在他身后，用手指着前面的枫树林：

"磊……磊……磊哥哥。"她快乐得颤抖起来，"它来了！追风，它……它……它回来了！"

他顺着她指的方向看过去，果然，追风正扬着四蹄，缓缓奔来，它那漂亮的马尾，在风中平举，马尾的毛，在阳光中闪耀着千丝万丝的光芒！太美了！他的追风！太美了！他狂喜地奔过去，狂喜地抱住了追风的头，狂喜地把面孔埋在追风的鬃毛里，狂喜地喃喃呼唤：

"追风，哦，追风！追风！追风……"

小梦凡站在旁边，不知怎的，竟流了一脸的泪。

追风找回来了，梦华也受过了处罚，一场风波，应该就此为止。可是，午夜梦回，夏磊坐在床沿上呆呆地想，毕竟自己不是康家的孩子，毕竟是个小野人！回东北去！他的念头又强烈地滋生了；现在有追风了！骑上追风，走啊走啊走……总有一天，会走到东北的！他悄悄起身，找着要带的东西，把父亲留下的笛子系在腰间，梦凡送的陀螺塞入口袋，够了！其他都不是自己的东西。他留了一张条子，写着：

干爹，谢谢你给我的小马。你的家很好，可是，不是我的家，我走了！

打开后门，骑上追风，他真的走了。

⁸ 天白

在夏磊童年的记忆中，这一趟"出走"，实在不太好玩。

东北，应该在东边偏北，夏磊从小受过方向的训练，所以，他选了东边偏北的方向。这个方向有小河，涉过小河，是大片的杂树林，越过杂树林，是一片荒野乱草。夏磊骑着追风，在草长及膝的荆棘丛中，走得好不辛苦。似乎走了一百年，也没走出这片乱草。夏磊的衣服划破了，手臂上、腿上，全被荆棘刺出血痕。太阳越来越大，然后就往西方坠落。他饥肠辘辘，饿得头晕眼花。而追风，却越来越不合作了。

记忆中，他最初是骑着追风走，然后追风不肯走了，他只好下马，搂着追风走。走了一段，追风又不肯走了，他只好拉着追风走，拉了一段，那追风开始和他拔河，随便他怎么拉，它就是站在草丛中动也不动。

"追风！"夏磊喘吁吁地站着，满头满脸，又是泥又是汗又是杂草，"我知道你很累了，我也很累了！你还有草吃，已经比我强了！我现在饿得肚子叽里咕噜叫，你知不知道？我拉不动你了，请你自己抬起脚来，上路吧！我们这样走走停停，走到东北，要走几年呢？追风！求求你，快走吧！"

追风一抬头，昂首长嘶，好像在抗议什么。四只脚赖在地上，没一只肯动。夏磊没辙了，开始去推马屁股，推了半天也推不动，夏磊一气，双手握着拳，冲到马鼻子前去大吼大叫：

"你跟我耍个性啊？闹脾气啊？你喜欢康家马厩里的干草堆，是不是？我也喜欢啊！可是，那是人家康家的地方，康家的草堆啊！你属于山野，我也是啊！走啊！追风！你不要让我瞧不起你啊……"

追风又昂首长嘶了一声，忽然间，在夏磊措手不及之下，撒开四蹄，说跑就跑，速度之快，如箭离弦。就这么冲出去了。

夏磊大惊失色，追着马儿就跑，边跑边嚷：

"你想累死我！追风，你等等我呀！你有四条腿，我只有两条腿呀……"

追风充耳不闻，只是往前狂奔。夏磊什么都顾不得了。草啦、树啦、石头啦、藤啦、荆棘啦……全顾不到了，一脚高一脚低地追着马狂追。追出了这片荒草，追进了一片大松林，追出了松林，眼前忽然出现一条石板路，追风"嗒嗒嗒嗒"沿着石板路跑得潇洒之至，夏磊埋着头追得辛辛苦苦。就在这时，一阵马蹄杂沓之声，还有人声吆喝，追风又不知为何急声长鸣，夏磊一惊抬头，忽然看见一辆好大的马车，由两匹大马驾着，迎面撞了过来。夏磊这一惊非同小可，他大喊着说：

"追风！小心呀！"

追风毕竟是匹马儿，就那样一跃一闪，已经飞身躲过。而夏磊，却一头撞在马车车轴上，在许多人的惊呼尖叫中，摔倒在地，失去了知觉。

夏磊大约只昏过去一盏茶的时间，就清醒了过来。睁开眼睛，发现自己躺在马车里，车中，有一个雍容华贵的女人和一位器宇轩昂的男子，正焦灼地研究着自己。在他们身边，有个五六岁的小女孩，和一个与自己差不多大的男孩子。

"娘！娘！"小女孩嚷着，"他的头在流血，他死了？是不是？他死了！"

"别叫别叫！"男孩子说，"他没死！他醒了！"

"哎哟！真的醒了！大概没事。"那女人着急地低着身子，摸他的头发，用小手绢去擦拭那伤口，"快快！"她回头说，"千里，咱们赶快走，要车夫驾快一点，不管是谁家的孩子，我们先到了康家再说！"

"对！"那男子应着，"到了康家，秉谦兄和康勤都通医理，可以先给他治疗一下！"他伸头就对车外喊，"阿强！快驾车！小心点别再撞着人！"

"是！"

车子辘辘而动。夏磊惊愕极了，怎么，走了一整天，现在又要被带回康家了？难道自己根本没离开康家的范围吗？难道追风的脚程那么慢？追风！一想到追风，他全慌了，赶紧抬起身子，他直往车窗外看。

"追……风！"他衰弱地喊着，头上好痛，手臂也痛，才支起身子，就又跌回车垫里。"追风！"他呻吟着，"追风……"

"停车！停车！"那男孩子大声喊。

车子戛然而停，男孩急忙对他扑过来。

"你说什么？"他问。

"追……风！"

"追风？"男孩侧着头想了想，又对车窗外望去，忽然一击掌，恍然大悟地说，"你的马？"

"对！"

"小马？棕红色的小马！"男孩再一击掌，"它的名字叫追风！"

"对……"

"你放心！我去帮你把它追回来！它现在正在大树底下吃草哩！看起来好像饿了几百年似的……"

男孩一边说，一边打开车门，就跳下车去。车中的男人女人齐声大叫：

"天白！小心一点！"

夏磊再支起身子，往车窗外看去，正好看到男孩牵着追风，走回车子，那追风现在可乖极了。男孩抬头，看到夏磊在看，就冲着夏磊一笑。把追风系在马车后面，男孩跳回了车上。

"好了！我把你的追风拴好了！"他注视着夏磊，眼光清朗澄澈，"我的名字叫楚天白，这是我妹妹楚天蓝，你呢？"

原来这就是天白天蓝！夏磊睁大眼睛，望着楚天白——那满面春风、眉清目秀的男孩子觉得友谊已经从自己心中滋生出来。他点点头，应着：

"我叫夏磊！"

"夏磊？"车里的男子一怔，说，"这可是撞到自家人了！夏磊，不是秉谦从东北带回来的义子吗？"他凝视着夏磊，"我是你楚伯伯，这是你楚伯母呀！你怎么会……追着小马满山跑呀？"

怎么会？说三天三夜都说不完呢！夏磊不语，天白仍然对着他笑。天白，楚天白，他几乎可以肯定，这个男孩会是他的朋友了！

他没有估错，以后，在他的生命中，楚天白始终占着那么巨大的位置，是任何人都无法替代的。

9 结拜

那天回到家里，康家是一团乱。秉谦夫妇顾不得招待楚家夫妇，就忙着给夏磊诊治疗伤。梦凡一见到夏磊那副狼狈的样子，就哭了起来：

"你看你把自己弄成这样！又流血，又脏，又撕破了衣服……你害我们满山遍野找了一整天……你好坏啊！为什么要回东北嘛！那个东北，不是又有强盗，又有狼，又有老虎吗？你为什么一定要回去？我爹不是已经做了你的干爹吗？我娘不是已经做了你的干娘吗？为什么我们家会赶不上你的东北呢？……"

小梦凡哭哭说说，又生气又悲痛，那表情，那眼泪，对年幼的夏磊来说，都是崭新的，陌生的，却令人胸怀悸动的。梦凡，小梦凡，就这样点点滴滴地进驻于夏磊的心。只是，当年，他并不明了这对他以后的岁月，有什么影响。

天白、天蓝围在床边，看康勤给夏磊包扎伤口，秉谦夫妇、千里夫妇、心眉、胡嬷嬷、银妞、翠妞……全挤在夏磊那小小的卧房里。夏磊十分震动，原来自己的出走和受伤会引起这么大的波澜，显然，自己在康家并非等闲之辈，他睁大眼睛，注视着满屋子焦灼的脸，听着一句句责难而又怜惜的声音，心里越来越热腾腾地充斥着感情了。然后，最令他震动的一件事发生了。梦华忽然钻进人缝中，直冲到他床边来，在他手中，塞了一个竹筒子。

"喏！这个给你！"梦华大声说。

夏磊惊愕地看看竹筒，诧异极了。

"这是什么？"

"蛐蛐罐呀！"梦华热心地说，"你要去抓了蛐蛐来，好好训练！你瞧，天白天蓝来了，咱们在一起，最爱玩斗蛐蛐了，你没有蛐蛐怎么办？罐子我送你，蛐蛐要你自己去抓！"

"蛐蛐？"夏磊瞪着眼，"蛐蛐是什么？"

"天啊！"梦华叹气，"你连蛐蛐是什么都不知道？蛐蛐就是蟋蟀啊！"

"怎么？"天白实在按捺不住好奇，问夏磊，"你那个东北，没有蛐蛐吗？"

那小天蓝急急插嘴："东北有东西吃吗？有树吗？有月亮吗？"

夏磊实在忍不住了，见天蓝一副天真样，他噗的一声笑了。他这一笑不打紧，梦凡、梦华、天白、天蓝全笑了。五个孩子一旦笑开了，就不知道为什么这么好笑，居然笑来笑去笑不停了。

"这下好了！"康秉谦看着笑成一堆的孩子，"我可以放心了。他们五个，会一起长大，情同手足的！"

是的，这五个孩子，就这样成了朋友。梦华的敌意既除，对夏磊也就认同了。夏磊的童年，从来康家之后，就不是一个人的，而是五个人的。当秉谦为牧云在祠堂里设了牌位，都是五个孩子一起去磕头的。夏磊给他的亲爹磕头，其他四个孩子给"夏叔叔"磕头。

其他四个，虽没有夏磊那样强烈的追思之情，却也都是郑重而虔诚的。

接下来，五个孩子在一起比赛陀螺、斗蛐蛐、骑追风……夏磊成了陀螺的高手，谁也打不过他。斗蟋蟀也是，因为夏磊总有本事找到貌不惊人，却强悍无比的蟋蟀。至于骑追风，更是理所当然，没有人能赶上夏磊。一个能力强的孩子，往往会成为其他孩子的领导，夏磊就这样成为"五小"的中心人物。那一阵子，大家跟着夏磊去桦树林、去旷野、去河边、去望夫崖下捉鬼……夏磊的冷漠与孤傲，都逐渐消失。只有，只有在大人们悄悄私语的时候。

"女孩子一天到晚跟着男孩子混，不太好吧？"胡嬷嬷问眉姨娘，"我看老爷太太都不在乎！"

"还小呢，懂什么！"眉姨娘接口，"反正，天白是咱们家女婿，天蓝又是咱们家的媳妇，楚家老爷和太太的意思是从小就培养培养感情，不要故意弄得拘拘束束的，反而不好！"

女婿、媳妇！又是好新鲜的词，听不懂。但是，楚家和康家的大人们，是经常把这两个词挂在嘴上的。

"眉姨。"有一天，他忍不住去问心眉，"什么是媳妇？什么是女婿？"

"哦！"心眉怔了怔，就醒悟过来，"你不了解康家和楚家的关系是不是？咱们叫作'亲家'！这就是说，天白和梦凡是定了亲的，天蓝和梦华也是！"

"定了亲要做什么？"他仰着头问。

"傻小子！"心眉笑了，"定了亲是要做夫妻的！"

"所以……"胡嬷嬷赶快趁机会教育，"你和梦凡小姐、天蓝小姐都不能太热乎，要疏远点才好！"

为什么呢？夏磊颇为迷惑。但是，他很快就把这问题置之脑后，本来，和女孩子玩绝对赶不上和男孩子玩有趣。那时候，他和天白赛马、赛陀螺、赛蟋蟀，赛得真过瘾，两人年龄相近旗鼓相当，友谊一天比一天深切。有时，夏磊会坐在孩子们中间，谈他在东北爬山采药打猎的生活，众小孩听得津津有味。这样，有天，夏磊谈起康秉谦和父亲结识的经过，谈到两人在雪地中义结金兰，天白不禁心向往之。带着无限景仰的神情，他对夏磊说：

"我们两个，也结拜为兄弟如何？"

这件事好玩，其他三个孩子鼓掌附议。于是，夏磊把当日结拜的词写下来，孩子们在旷野中摆上香案，供上蔬果，燃上香。夏磊和天白，各持一束香，严肃而虔诚地并肩而立，梦华、天蓝、梦凡拿着台词旁观。

"我——夏磊！"

"我——楚天白！"

"皇天在上！"

"后土在下！"

"梦华、梦凡为证！"

"小天蓝也做证！"

"在此拜为兄弟！"

"义结金兰！"

"从此肝胆相照，忠烈对待！"

"至死不渝，永生无悔！"

　　两人背诵完毕，拜天拜地，将香束插进香炉，两人再拜倒于地，恭敬地对天地磕头。

　　拜完了，两人站起身。天蓝、梦凡、梦华一起鼓掌，都围了过来。天白赶紧问梦凡：

　　"我刚刚都背对了没有？"

　　"都对了，一个字不差！"梦凡点着头。

　　夏磊对天白伸出手去，郑重地说：

　　"从今以后，你就是我的兄弟了！"

　　天白紧紧握住夏磊的手，一脸的感动。其他三个孩子，都震慑在这种虔诚的情绪之下，一时之间，谁都说不出话来。爱哭的小梦凡，眼里居然又闪出了泪光。

　　这一拜，就是一辈子的事。夏磊深深地凝视天白，全心震动。

　　他不再孤独，他有兄弟了。

^{10} 望夫崖上

从此，天白是夏磊的兄弟，他们共同分享童年的种种。但是，望夫崖上面那块窄窄险险的小天地，却是夏磊和梦凡两人的。

那一天，天白和天蓝跟着父母回家了。夏磊独自一人，骑着追风来到望夫崖下面。很难得，身边没有跟着碍事的人，夏磊就开始仔细研究登崖的方法。这样一研究就有了大发现，原来在那荆棘藤蔓和野草覆盖下，根本有一个又一个的小凹洞，一直延伸到崖顶。显然以前早就有人攀登过，而且留下了台阶。夏磊这下子太快乐了，他找来一块尖锐的石片，就把那小凹洞的杂草污泥一起挖掉，自己也一级一级，手脚并用地攀上了望夫崖的顶端。

终于爬上了望夫崖！

夏磊迎风而立，四面张望，桦树林、旷野、短松岗和那绵延不断的山丘，都在眼底。放眼看去，地看不到边，天也看不到边。抬起头来，云似乎伸手就可以采到，他太高兴了，高兴得放声大叫了：

"哟嗬！哟嗬！哟——嗬……"

他的声音，绵延不断地传了出去，似乎一直扩散到天的尽头。

他叫够了，这才回身研究脚下的山崖。那巨崖上，果然有另一块凸起的石头，高耸入云。是不是一个女人变的，就不敢肯定了。

那石头太大了，似乎没有这么巨大的女人。或者，在几千几万年前，人类比现在高大吧！石崖上光秃秃的，其实并没有什么"险"可"探"。有个小石洞，夏磊用树枝戳了戳，"啾"的一声，一条四脚蛇窜出来，飞快地跑走了。

他背倚着那"女人"，在崖上坐了下来，抬头四望，心旷神怡。于是，他取下腰际的笛子，开始吹起笛子来。

吹着吹着，也不知道吹了多久。他忽然听到梦凡的声音，从山崖的半腰传了上来：

"磊哥哥，我也上来了！"

什么？他吓了好大一跳，冷汗直冒，慌忙扑到崖边一看，果然，梦凡踩着那小凹洞，正危危险险地往上爬。夏磊吓得大气都不敢出，生怕一出声，让梦凡分了心跌下去。他提心吊胆，看着梦凡一步步爬上来。

终于，梦凡上了最后一级，夏磊慌忙伸出手去。

"拉住我的手，小心！"

梦凡握住了夏磊的手，夏磊一用力，梦凡上了崖顶。

"哇！"梦凡喜悦地大叫了起来，"我们上来了！我们上了望夫崖！哇！好伟大！哇！好高兴啊！"她叫完了，忽然害怕起来，笑容一收，四面看看，伸手去扯夏磊的衣袖，声音变得小小的、细细的，"这上面有什么东西？你有没有看到什么东西？"

"有蛇，有四只脚的蛇！"

"四只脚的蛇呀！"梦凡缩着脖子，不胜畏怯，"有多长？有多大？会不会咬人？在哪里？在哪里？"

"别怕别怕！"他很英勇地护住她，"你贴着这块大石头站，别站在崖石边上！那四脚蛇啊，只有这么一点点长。"他做了个蛇爬行状的手势，"啾……好快，就这么跑走了！现在已经不见了！"

"那么，鬼呢？有没有看到鬼？"

"没见着。"

"如果鬼来了怎么办呢？"

"那……"夏磊想想，举起手中笛子，"我就吹笛子给他听！"

梦凡抬头看夏磊，满眼都是崇拜。

"你一点都不怕呀？"她问。

"怕什么，望夫崖都能征服，就没什么不能征服的！"

"什么是'征服'？"梦凡困惑地问。

"那是我爹常用的词。我们在东北的时候，常常要'征服'，征服风雪，征服野兽，征服饥饿，征服山峰，反正，越困难的事，越做不到的事，就要去'征服'！"

小梦凡更加糊涂了。

"可是，到底什么东西是'征服'？"她硬是要问个清楚明白。

"这个……这个……"夏磊抓头发抓耳朵，又抓脖子，"征服就是……就是……就是胜利！就是快乐！"他总算想出差不多的意思，就得意地大声说出来。

"哇！原来征服就是胜利和快乐啊！"梦凡更加崇拜地看着夏磊，然后，就对着崖下那绵邈无尽的大地，振臂高呼起来，"望夫崖万岁！征服万岁！夏磊万岁！胜利万岁！"

夏磊再用手抓抓后脑勺，觉得这句"夏磊万岁"实在中听极了，受用极了。而且，小梦凡笑得那么灿烂，这笑容也实在是好看极了。在他那年幼的心灵里，初次体会出人类本能的"虚荣"。梦凡欢呼既毕，问题又来了：

"那个女人呢？你有没有看到那个女人？"

"什么女人？"

"变石头的那个女人？"

"这就是了！"夏磊拍拍身后的巨石。

梦凡仰高了头，往上看，低下身子，再往上看，越看越是震慑无比。

"她变成这么大的一块石头了！"她站直身子，不胜恻然，眼神郑重而严肃，"她一定望了好多好多年，越长越高，越长越高，才会长得这么高大的！"她注视夏磊，"如果你去了东北，说不定我也会变成石头！"

夏磊心头一凛。十岁和八岁，实在什么都不懂。言者无心，应该听者无意。但是，夏磊就感到那样一阵凉意，竟有所预感地呆住了。

童年，就这样，在桦树林，在旷野，在小河畔，在短松岗，在望夫崖，在康家那深宅大院里……一年又一年地过去了。

转眼间，当年的五个孩子，都已长大。

11 "五四"

民国八年，五月四日。

这年的夏磊，正在北大读植物系三年级。梦华和天白，读的全是文学系。当时的北大还不收女学生。但，梦凡和天蓝，那样吵着闹着，那样羡慕新式学堂，康楚两家实在拗不过两个女儿，就送到北大附近的女子师范去。于是，五个孩子，早上结伴上课，下午结伴回家，青春的生命里，充满了活力，充满了自信和理想。当然，三男两女的搭配，总是两对多一，这多出的一个，往往是问题的制造者，烦恼和痛苦的发源地。夏磊，似乎从小就有领导欲和桀骜不驯的特质，在这青春时期，他的特质表现得更加强烈。

这时的康秉谦，早就离开了仕途，随着新政府成立，康秉谦努力想适应新的潮流，也由于看清楚时代的变迁，他才会让儿女都去接受新式教育。但是，根深蒂固地，在他内心深处，他仍然是个中国传统的读书人，仍然坚守着许多牢不可破的观念。清王朝结束以后，他弃政务农，好在康家拥有广大的田产和果园。另外，在北京的南池子，开了一家"康记药材行"。这药材行由康勤管理，成为夏磊没课时最喜欢逗留的所在。那些川芎、白花、参须、麝香、甘草、陈皮、当归……都是他熟悉的东西。那种药行里特有的香味，总是让他回忆起东北的小木屋，童年的他，曾彻夜为父亲熬着药，药香永远弥漫在小屋里和附近的树林里。

这一天，是民国八年的五月四日。在中国的历史上，这一天占着极为重要的位置。事情的起因，是巴黎和会对山东问题做的决定——把胶州湾移交给日本，成了导火线，引起各大学如火如荼的反应。学生们气疯了，爱国的浪潮汹涌翻腾地卷向各个校园，北大是一马当先。而夏磊，正是这些激昂慷慨、悲愤填膺的学生中，最激烈的一个。

"同学们！让我们站起来吧！救救中国！救救我们的领土！"夏磊站在学校门口的一个临时高台上，振臂高呼着，台下，聚集着数以千计的学生，附近师范学校的学生也来了，梦凡和天蓝都夹在人群里，"山东大势一去，我们就连领土的自主权都没有了！失去领土，还有国家吗？我最亲、最爱、最有血性的同胞们啊！这是我们的土地，这是我们的大好江山，我们怎么能眼睁睁让日本抢去！让列强不断地、不断地凌辱我们！奴隶我们……"

台下的学生全疯狂了，他们吼着叫着，群情激愤。

"让我们去赵家楼，让我们去段祺瑞的总统府！让我们去唤醒那些醉生梦死的卖国贼！"夏磊更大声地叫着，热泪盈眶，举起手臂，他大吼了一句，"中国的土地可以征服不可以断送！"

"中国的土地可以征服不可以断送！"台下如雷响应，声震四野，人人都高举着手臂。

"中国的人民可以杀戮不可以低头！"夏磊再喊。

"中国的人民可以杀戮不可以低头！"学生们狂喊着，许多人都哭了。

夏磊太激动了，一个冲动之下，脱掉外面的学生制服，把里面的白衬衣当胸撕下来，咬破手指，用血写下四个大字"还我青岛"，他举起血迹斑斑的白布条，含着泪高呼着：

"国亡了！同胞们起来呀！"

学生们更加群情激昂，有的哭了，有的痛喊，有的捶胸，有的顿足，更多更多人齐声大吼：

"还我青岛！还我青岛！！还我青岛！！！"

夏磊跳下了高台，高举着白布条，向当时曹汝霖所居住的"赵家楼"冲去。学生们全跟着夏磊走，一路上，大家不断竖起新的标语，不断喊着口号。这支队伍竟越来越壮大，到了赵家楼门口，已经万头攒动。学生们愤慨的情绪，已经到达无法控制的地步。各种口号，此起彼伏：

"内除国贼！外抗强权！"

"头可断！青岛不可失！"

"宁做自由鬼，不做活奴隶！"

"打倒卖国贼！严惩卖国贼！"

大家吼着、叫着！越来越激动，越来越愤怒，学生的激情已到达沸点。开始高叫曹汝霖、章宗祥、段祺瑞的名字，要他们出来，向国人谢罪。这样一吼一叫一闹，震惊了整个北京，警察赶来了，枪械也拿出来了，开始拘捕肇事分子。警察的哨子狂鸣之下，学生更加怒不可遏。一时间，有的向楼里掷石块，有的砸玻璃，有的跳窗子，有的撞门，有的烧标语……简直乱成了一团。大批警察蜂拥而至，用枪托和短棍揍打学生，许多学生负伤了，许多被捕了，最后，赵家楼着了火，消防车救火队呼啸而至。学生终于被驱散了，主要带头的学生全数被捕——夏磊、梦华、天白三个人都在内。

那天的康家简直翻了天。楚家夫妇也赶来了。咏晴一听到梦华被捕，就昏了过去。醒来后就哭天哭地，哭她唯一的儿子梦华。楚千里气冲冲地对康秉谦说：

"都是那个夏磊！我全弄明白了！就是夏磊带的头！秉谦，你收义子没关系，你要管教他呀！"

"夏磊？"康秉谦大吃一惊，"又是他惹的祸吗？"

梦凡急了，挺身而出。

"爹、娘、楚伯伯、楚伯母，你们不能怪夏磊呀！如果你们见到当时的情形，你们也会被感动的！夏磊，他是一腔热血，满怀热情，才会这么做的！大家都为了爱国呀！"

"爱国？"康秉谦吼了起来，"在街上摇旗呐喊就算爱国吗？放火烧房子就算爱国吗？他就是爱出风头爱捣蛋！现在连累了天白和梦华，怎生是好？被抓到监狱里去，他还能爱国吗？"

"我就知道，我就知道！"咏晴哭着，"这个夏磊只会带给我们灾难！他根本是个祸害！"

"娘！"梦凡悲愤地喊。

"是呀！是呀！"楚夫人也哭得上气不接下气，"我们天白那么单纯善良的一个孩子，如果不是跟着夏磊，怎么会去搞什么暴动？"

"娘！"天蓝一跺脚，生气地说，"你们不去怪曹汝霖章宗祥，却一个劲儿骂夏磊，你们实在太奇怪了！"

"你闭嘴！"楚千里对女儿大吼，"已经闯下滔天大祸了，你还在这儿强词夺理！念书念书，念出你们这些无法无天的小怪物来！"

"楚伯伯。"梦凡忍无可忍地接口,"今天街上的小怪物,起码有三千个以上呢!"

"梦凡!"康秉谦怒吼着,"你还敢和楚伯伯顶嘴!我看你们不但无法无天,而且目无尊长!"

梦凡眼看这等情势,心里又急又气,知道父母除了怨恨夏磊之外,实在拿不出什么营救的办法,她一拉天蓝,往屋外就跑:

"天蓝,我们走!"

咏晴死命拉住梦凡。

"你要去哪里?街上正乱着,你们两个女孩子,还不给我在家里待着,再出一点事情,我就不要活了!"

"娘!"梦凡急急地说,"我是想到学校去看看!这次被捕的全是学生,学校不会坐视不救!虽然你们都不赞同学生,但是,大家真的是热血沸腾、情不自已!我相信,北大和几个主要的学校,校长和训导主任都会出来营救!爹、娘,你们不要急,我敢说,舆论会支持我们的!我敢说,所有学生都会被释放的!我也敢说,梦华、天白和夏磊,很快就会回家的!"

梦凡的话没说错,三天后,梦华、天白、夏磊都被释放了。而五四运动,也演变成为一个全民运动。天津、上海、南京、武汉都纷纷响应,最后竟扩大到海外,连华侨都出动了。

对康秉谦来说,全民运动里的"民"与他是无关的。夏磊的桀骜不驯、好勇善斗,才是他真正担心的。虽然孩子们已经平安归来,他仍然忍不住大骂夏磊:

"你不管自己的安危,你也不管梦华和天白的安危吗?送你去学校念书，你念书就好了！怎么要去和政府对立？你想革命还是想造反呢……"

"干爹！"夏磊太震惊了，康秉谦也是书香世家，怎么对割地求荣这种事都无动于衷？怪不得清朝快把中国给赔光了，"我是不得已呀！我们现在这个政府，实在有够糟的！总该有人站出来说说话呀！"

"你只是说说话吗？你又演讲又游行，摇旗呐喊，煽动群众！你的行为简直像土匪流氓！我告诉你，不论你有多高的理论，你就是不能用这种方式表达！我看不顺眼！"

"干爹。"夏磊极力压抑着自己，"现在这个时代，已经不是清朝了，许多事情，都太不合理，急需改革。不管您顺眼还是不顺眼，该发生的事还是会发生的！即使是这个家……"他咽住了。

"这个家怎样？"康秉谦更怒了。

"这个家也有许多的不合理！"他冲口而出。

"嗬！"康秉谦瞪着夏磊，"你倒说说看，咱们家有什么不合理的地方？什么让你不满意的地方？"

"例如说父母之命，媒妁之言！"

梦凡一个震动，手里的茶杯差点落地。

"例如说娶姨太太，买丫头！"

心眉迅速地抬头，研判地看着夏磊。银妞翠妞皆惊愕。

"好了好了！"咏晴拦了过来，"你就说到此为止吧！总算大家平安归来了，也就算了。咱们家的女人，都很满足了，用不着你来为我们争权利的！"

"干娘，你的地位已经很高了，当然不必争什么了。"夏磊说急了，已一发而不可止，"可是，像银妞、翠妞呢？"

银妞翠妞都吓了一跳，银妞慌忙接口：

"我们不劳夏磊少爷操心，我们很知足的……"

"是呀是呀！"翠妞跟着说，"老爷太太对我们这么好，我们还争什么！"

"可是……"夏磊更急，"像胡嬷嬷呢？"

"磊少爷！"胡嬷嬷惊呼着，"你别害我哟！我从来都没抱怨过什么呀！"

夏磊泄气极了，看看这一屋子的女人，觉得一个比一个差劲。他瞪向心眉：

"还有眉姨呢？难道你们真的这么认命？真的对自己的人生已经没有要求？真觉得自己有尊严、有自由、有地位、有快乐……"

康秉谦一甩袖子站了起来：

"够了！够了！你这不知天高地厚的小子，你才烧了赵家楼，现在又想要烧康家楼了！"

梦华笑出声，梦凡也跟着笑了。

咏晴、心眉、银妞、翠妞大家的心情一放松，就都露出了笑容。

秉谦不想再扩大事端，就也随着大伙笑。在这种情形下，夏磊即使还有一肚子话，也都憋回去了，看着大家都笑，他也不能不跟着笑了。

一场风波，就到此平息。但是，对夏磊而言，这"五四"就像一簇小小的火苗，在他心胸中燃烧起来。使他对这个社会、对人生、对自己，以至于对感情的看法、对生活的目标……全都"怀疑"了起来，这"怀疑"从小火苗一直扩大、扩大。终于像一盆烈火般，烧灼得他全心灵都疼痛起来。

12 胡嬷嬷

　　第一个对夏磊提出"身份"问题的，是胡嬷嬷。

　　胡嬷嬷照顾夏磊已经十二年了，这十二年，因为胡嬷嬷自己无儿无女，因为夏磊无父无母。再加上夏磊从不摆少爷架子，和她有说有笑有商有量，十分亲近。胡嬷嬷的一颗心，就全向着夏磊了。下意识里，她是把他当自己亲生儿子般疼着，又当成"主人"般崇敬着。

　　许多事，胡嬷嬷看在眼里，急在心里。女性的直觉，让她体会出许多问题：夏磊越来越放肆了，梦凡越来越爱往夏磊房里闯了。什么五四、演讲、写血书，夏磊成了英雄了。什么男女平等、自由恋爱、推翻不合理的制度……梦凡常常把这些理论拿出来和夏磊讨论……似乎讨论得太多了，梦凡对夏磊的崇拜，似乎也有点过了火。

　　"磊少爷！"这天晚上，她忍无可忍地开了口，"你可不可以不要再顶撞老爷呢？也不要带着梦华和梦凡去搞什么运动呢？你要记住自己的'身份'啊！"

　　夏磊怔了怔。

　　"我的'身份'怎么了？"

　　"唉！"胡嬷嬷叹口长气，关怀而诚挚地说，"你要知道，无论如何，这亲生的和抱养的，毕竟有差别！老爷太太都是最忠厚的人，才会把你视如己出，你自己，不能不懂得感恩啊！亲生的孩子如果犯了错，父母总会原谅的，如果是你犯了错，大家可会一辈子记在心底的！"

夏磊感到内心被什么东西重重地撞击了一下，心里就涌起一种异样的情绪，是自尊的伤害，也是自卑的醒觉。他看了看胡嬷嬷，顿时了解到中国人的成语中，为什么有"苦口婆心"四个字。

"我犯了什么错呢？"

"你犯的错还不够多呀！害得梦华少爷和天白少爷去坐牢！咱们老爷太太气成怎样，你也不是没见着！这过去的事也就算了，以后，你不能再犯错了！"

夏磊不语，默默沉思着。

"你只要时时刻刻记住自己的'身份'，很多事就不会做错了！例如……"胡嬷嬷一面铺着床，一面冲口而出，"你和天白，是拜把的兄弟！"

"又怎样了？"他抬起头来，"我什么地方，对不起天白了！"

"梦凡，是天白的'媳妇'哟！"

胡嬷嬷把床单扯平，转身就走出了房间。

夏磊的心脏，又被重重撞击了。

¹³心眉

第二个提醒他"身份"问题的人，是心眉。

心眉是秉谦的姨太太，娶进门已经十五年了。是个眼睛大大的、眉毛长长的、脸庞圆圆的女人，十五年前，是个美人坯子，可惜父母双亡，跟着兄嫂过日子，就被嫁到康家来做小。现在，心眉的兄嫂已经返回老家山东，她在北京，除了康家以外，就无亲无故了。

心眉是个很单纯，也很认命的女人。她生命里最大的伤痛，是她失去过一个儿子。那年，夏磊到康家已三年了，他始终记得，心眉对那个襁褓中的儿子，简直爱之入骨。康秉谦给孩子按排行，取名梦恒。梦恒并不"恒"，只活了七个月，就生病夭折了。那晚，康家整栋大宅子里，都响着心眉凄厉至极的哀号声：

"梦恒！你既然要走，为什么来到人间戏弄我这趟？你去了，你就把我一起带走吧！我再也不要活了！不要活了！"

可是，心眉仍然活了过来，而且，熬过了这么多岁月。她也曾期望再有个孩子，却从此没有消息。青春渐老，心眉的笑容越来越少。眼里总是凝聚着幽怨，唇边总是挂着几丝迷惘，当初圆圆的脸变瘦了。但，她仍然是很美丽的，有种凄凉的美，无助的美。

如果没有五四，心眉永远会沉睡在她那个封闭的世界里。但，夏磊把什么新的东西带来了，夏磊直问到她脸上那句："还有眉姨呢？难道你们真的这么认命？真的对自己的人生已没有要求？真觉得自己有尊严、有地位、有自由、有快乐……"震撼了她，使她在长夜无眠的晚上，深思不已。

这天下午，她在回廊中拦住了夏磊。

"小磊，你那天说的什么自由、快乐，我都不懂！你认为，像我这种姨太太，也能争取尊严吗？"

"当然！"夏磊太吃惊了，中国这古老的社会，居然把一个女人的基本人权意识都给剥夺了！"不论你是什么身份，你都有尊严呀！人，是生而平等的！每个人都有追求自由快乐的权利！"

"怪不得……"心眉瞪着他讷讷地说了三个字，就咽住了，只是一个劲地打量他。

"怪不得什么？"他困惑地问。

"怪不得……你虽然是抱进来的孩子，你也能像梦华一样，活得理直气壮的！"

夏磊心中，又被什么东西狠狠一撞，蓦地醒悟，所谓"义子""养子"，在这个古老的康宅大院里，就和"姨太太"一样，是没有身份和地位的！

¹⁴ 康勤

第三个提醒他"身份"的人，是康勤。

那晚，他到康记药材行去帮忙。康勤正在切鹿茸，他就帮他整理刚从东北运来的人参。坐在那方桌前面，他情绪低落。

"怎么了？"康勤注视着他，"和谁斗嘴了？梦华少爷还是梦凡小姐呢？"

他默然不语。

"我知道了！"康勤猜测着，"老爷又说了你什么了！"康勤叹口气，"磊少爷，听我一句劝吧！俗语说得好，'人在屋檐下，不得不低头'呀！康家上上下下，对你已经够好了，有些事，你就忍着吧！"

夏磊惊怔地看康勤，情不自禁地咀嚼起"人在屋檐下，不得不低头"的句子。

"不知道是我不对了，还是大家不对了！"他沮丧地说，"最近，每个人都在提醒我……小时候的欢乐已经没有了！人长大了，真不好，真不好！"

"要想开一些，活着，就这么回事呀！"

又一个认命的人！夏磊一抬头，就紧紧地盯着康勤：

"康勤，我想问你……你为什么在康家做事呢？你仪表不凡，知书达理，又熟悉医学，又懂药材，又充满了书卷味……像你这样一个人，根本就是个'人才'，为什么肯久居人下呢？"

康勤吃了一惊，被夏磊的称赞弄得有点飘飘然，对自己的身世，难免就感怀自伤了：

"磊少爷，你有所不知，我姓了康家的姓，一家三代，都是吃康家的饭长大的！你不要把我说得那么好，我不过是个奴才而已。老爷待我不薄，从小，私塾老师上课时，允许我当'伴读'，这样，也学会了读书写字，比康福康忠都更得老爷欢心。老爷又把太太身边的金妞给我当老婆，可惜金妞福薄，没几年就死了……老爷每次出差，也都带着我，现在又让我来康记药材行当掌柜……我真的……真的，没什么可埋怨了！"

"可是，康勤……"他认真地问，"你活得很知足吗？除了金妞之外，你的人生里，就没有'遗憾'了吗？"

康勤自省，有些狼狈和落寞了。

"很多问题是不敢去想的！"

"你想过没有呢？"

"当然……想过。"

"怎样呢？你的结论是什么呢？"

"怎么谈得上结论？有些感觉，在脑海里闪过，就这么一闪，就会觉得痛，不敢去碰它，也不敢去追它，就让它这么过去了！"

"什么'感觉'呢？哪一种'感觉'呢？"

康勤无法逃避了，他正眼看着夏磊。

"像是'寂寞'的感觉，'失去自我'的感觉，不曾'好好活过'

的感觉……还有，好像自己被困住……”

“想‘破茧而出’的感觉！”夏磊接口。

“是吧！”康勤震动地说，“就是这样吧！”

夏磊和康勤深深互视着，有种了解与友谊在二人之间流动。如水般漾开。

“康勤！”夏磊怔怔地问，“你今年几岁了？”

“四十二岁！”

“你是我的镜子啊！”夏磊脱口惊呼了，“如果我‘安于现状’，不去争取什么，四十二岁的我，会坐在‘康记药材行’里，追悼着失去的青春！”

他站起身来，踉跄地冲到门口，掀起门帘，一脚高一脚低地离去了。

¹⁵ 挣扎

夏磊有很多天都郁郁寡欢。五四带来的冲击和自我身份的怀疑，变成十分矛盾的一种纠结。他觉得自己被层层包裹住，不能呼吸了，不能生活了。康家，逐渐变成了一张大网，把他拘束着、捆绑着，甚至是吞噬着。他不知道该怎样活着，怎样生存，怎样才能"破茧而出"？

在康家，他突然成了一个"工作狂"。

他劈柴，他修马车，他趴在屋顶修屋瓦，他买砖头，补围墙，把一重又一重年久失修的门，拆卸下来，再重新装上去，忙得简直晕头转向。梦凡屋前屋后，院里院外追着他，总是没办法和他说上三句半话，忽然之间，那个在校园里振臂高呼，神采飞扬的大学生，就变成康家的一个奴隶了。

这天，梦凡终于在马厩找着了夏磊。

夏磊正在用刷子刷着追风。如今的追风，已长成一匹壮硕的大马了。夏磊用力地刷着马，刷得无比地专心。

"这康福康忠到哪里去了？"梦凡突然问。

"他们去干别的活儿了！"夏磊头也不抬地说。

"别的活儿？"梦凡抬高了声音，"这康家里里外外，上上下下，所有的粗活儿，你不是一个人包揽了吗？昨天趴在屋顶上修屋瓦，前天忙着通阴沟，再前些天，修大门中门偏门侧门……你还有活儿留下来给康福康忠做吗？"

夏磊不说话，埋着头刷马，刷得那么用力，汗珠从额上一滴一滴地滚落下来。

梦凡看着那汗珠滴落，不忍已极。从怀里掏出了小手绢，她往前一跨步，抬着手就去给夏磊拭汗。

夏磊像触电般往后一退。

"别碰我！"他粗声地说。

梦凡怔住了，张口结舌地看着夏磊，握着手绢的手停在空中，又乏力地垂了下去。她后退了一步，脸上浮起深受伤害的表情。

"你到底是怎么了？"她憋着气问，"是谁得罪了你？是谁气着了你？你为什么要这样不停地做苦工？"

"别管我！"他更粗声地说。

"我怎么可以不管你！"梦凡脚一跺，眼睛就涨红了，"自从你十岁来我家，你做什么我就跟着你做什么！你骑马我也骑马，你发疯我也发疯，你爬崖我也爬崖，你游行我也游行，你念书我也念书……现在，你叫我不要管你！我怎么可能不管你嘛！"

夏磊丢下马刷，抬起头来，紧紧盯着梦凡。

"从今以后，不要再跟着我！"他哑声说，眼睛睁得大大的，"难道你看不出来，我身上有细菌？我是灾难，是瘟疫，是传染病！你，请离我远远的！"

"什么瘟疫传染病？"梦凡惊愕地，"谁对你说这些混账话？谁敢这样做？谁说的？"她怒不可遏。

　　他瞪视着她那因发怒而涨红的脸，瞪视着那闪亮如星的眸子，瞪视着她那令人眩惑的美丽……他的心脏紧紧一抽：哦，梦凡！请你远远离开我，你是我心中百转千回的思念，你是我生命里最巨大的痛楚……他纵身跃上了马背，像逃一般地疾驰而去。

^{16}天白

这天，在校园中，天白急急地找着了夏磊。

"夏磊，你知不知道梦凡最近是怎么了？"

夏磊一怔，困惑地抬眼看天白。随着年龄的长大，天白童年时就有的开朗和书卷味，现在更加浓厚了。他长得和夏磊差不多高，看起来却斯文许多，他是个徇徇儒雅而又不失潇洒气概的年轻人。在个性上，他是几个孩子中最踏实的一个，没有夏磊的好高骛远、桀骜不驯，也没有梦华的娇贵气息。他平易近人，坦率热情。

"怎么了？"夏磊闷闷地问。

"她太奇怪了！最近总是躲着我，好像很怕我似的！怎么会这样呢？我完全弄不懂！"

夏磊的眼光落到远处的柳树上去了。

"或者，因为她是你的'未婚妻'吧！年纪大了，不是小孩了，就会……有些避讳吧！"

"避讳！你说梦凡吗？"天白抬高了声音，"你又不是不了解梦凡，她从小就心胸开阔，落落大方！她才不会扭扭捏捏，去在乎那些老掉牙的禁忌！"

"哦！"夏磊胸中，好像塞进了一块大石头，"你这么了解她，心里有什么话，何不对她直说呢？"

"我是要直说呀！但她不要听呀！我每次一开口，她就躲！前一阵忙着五四的事，大家也没时间，现在闲下来，她就突然像变了一个人似的！"

"你忙什么，不是有一辈子的时间可以跟她慢慢说吗？"夏磊的声音直直的，不疾不徐的。

"唉！"天白大大叹口气，"现在是什么年代了，如果我还迂腐地守着那个父母之命，我是肯定会失去梦凡的！夏磊……"他激动地抓住夏磊，热烈地说，"我跟你说吧，反正你是我兄弟，我也不怕你会笑话我！这些日子来，我们反这个反那个，好像旧社会的制度里没有一件事合理！偏偏我和梦凡的婚约，是从小订下的……我觉得，梦凡在心底，根本是瞧不起这个婚约的！如果她心甘情愿要履行这婚约，绝对不是为了父母之命，而是为了我这个人！"夏磊的眼光，落回到天白脸上来了。

"说实话……"天白继续说，眼睛里闪着光彩，"小时候，知道她是我的'媳妇'，并没有什么太多的感觉。可是，现在啊，随着时间一年一年地长大，我对梦凡，简直是一往情深，梦寐以求了！"夏磊震动地盯着天白。

"夏磊，你会笑我吗？你会笑我没出息吗？我就是这样的，简直不可救药啊！我每天都疯狂地盼望见到她，好不容易见到了，她总是一副若即若离的样子，弄得我魂不守舍！怎么办？夏磊，会不会发生了什么事？会不会她故意在疏远我？我现在束手无策，我想，只有你才能帮我！"

夏磊更震动地看着天白。

"何以见得我能帮你呢？"

"你一定帮得了！"天白热烈而崇拜地说，"从小，你就是我们五个小鬼的领袖呀！长大了，你更是我们名副其实的大哥，我们几个人，没有一个人在你面前有秘密！梦凡也是这样！"

夏磊深深撼动了。眼睛凝视着远方，他默默地出着神。

"你帮我问问她去！劝她不要这样对我吧！弄得我这样疑神疑鬼，患得患失，实在好残忍！"他深深地看夏磊，眼底是一片单纯的信任，"谁让你跟我拜了把子呢！肝胆相照，忠烈对待，就是天白有难，夏磊救之！"

他说着，重重地一掌拍在夏磊肩上。

夏磊凝视着远方，心里，是一团矛盾纠结的痛楚。

这晚，他冲进了梦凡房里，像倒水一样，一阵稀里哗啦，没有停顿地说：

"梦凡！你不可以这样对天白！别说他是你的未婚夫，就算是朋友，你也该对他推心置腹！天白从小和我们一起长大，是怎样一个热血青年，你心里应该清清楚楚！假若你想背叛他，对不起他，你就等于是背叛我，对不起我！我不会允许你这样做的！从明天开始，你就去好好对他，用全心全意对他，像他这样光明磊落，心地善良，又漂亮，又有气质的年轻人，你在这世界上找不到第二个了！干爹干娘为你订的亲，是一百个对，一千个对！你不要受五四的影响，连天白都反进去！那你就是个幼稚无知的女孩子了！那么，我会轻视你，看不起你！你听到没有？我，要，你，全心全意去爱天白！"

一口气把要说的话都喊完了，他看也不看梦凡，就转身冲出了房间，大踏步穿过院落，打开偏门，冲进桦树林，冲进旷野，冲进小山丘，他像小时候一样，放声大叫：

"不要……不要……不要……不要……"

¹⁷ 望夫崖上

那晚，他彻夜坐在望夫崖上。

月色很好，大地在月光下，染上了一层银白。远山远树，是憧憧的黑影，近处的旷野，高低起伏，旷野上的矮树丛，疏落有致。月光把所有的树梢，都镶了一条银色的光晕。万籁无声，四野俱寂。

他不知道坐了多久，头脑里几乎是空空的，连思想的能力都没有。他只是坐着，凝望着远方。然后，他听到身后有窸窸窣窣的声响，他回头，蓦地大吃一惊，梦凡正危危险险地站在崖边上。

他一唬地站起身来，心脏几乎跳到了喉咙口。

"你！"他哑声喊，"半夜来爬望夫崖！你不要命了吗？万一摔下去怎么办？"

她一动也不动地站着，大大的眼睛，在月色中闪着光，直直地盯视着他。

"摔下去，是我的报应！"她沉声说。

"什么意思？"他感到喉咙里干干的。

"坏女孩会受到报应，半夜三更追随你到望夫崖，会受到报应，背叛天白，也会受到报应……反正会受报应，粉身碎骨，也就算了！"

他深深抽口气，心脏像擂鼓似的，"咚咚咚"地狂跳，嘴里一句话也说不出来。

"夏磊，你真虚伪！"她定定地看着他，低声地说，"十二年前，我把我的小奴奴抱去送给你，从那一夜开始，我就成了你的影子，你走到哪儿，我跟到哪儿，我这样跟了你十二年，你心里还不明白？你居然命令我，全心全意去爱天白？"

他瞪着她，眼光再也无法从她脸上移开。

她半晌无语。他们就这样站着站着，彼此的眼光，牢牢地、紧紧地缠着对方。好久好久以后，她才轻轻开口：

"你要我留，还是要我走？"

他不说话，心中绞痛。

"好吧！"她轻幽幽地说，"我走！"

她一转身，抬脚就走。她的神志根本不清，这一举步，眼看就要踩空，她身边，是万丈悬崖。夏磊大惊，想也不想，就飞快地扑过来，飞快地抓住她，用力一拉。

梦凡扑进了他的怀里。

他们紧紧地，紧紧地拥抱在一起了。

"瞧！"片刻后，他惊怔地说，"我们做了什么？瞧，你这样诱惑我……"他试着要推开她。

"夏磊啊！不要推开我！"梦凡固执地依偎着他，强烈地说，"当我和你第一次爬望夫崖的时候，我就已经背叛天白了！你轻视我吧！看不起我吧！我就是这样的，我心里只有你呀！我就是就是这样的！"

她把头紧埋在夏磊的肩窝，泪，一直烫到夏磊的五脏六腑去。夏磊的理智，随着夜风飘远飘远，飘得无迹可寻。在他怀中，是他十二年来魂之所牵，心之所系呀！他无力思想，在梦凡如此强烈的告白下，他也不要去思想了！

¹⁸ 再挣扎

夏磊和梦凡，是天蒙蒙亮的时候，回到康宅后院里的。

两人的眼光，仍然痴痴地互视着，两人的手，悄悄地互握着，两人的神志，都是昏昏沉沉的，两人的脚步，都是轻轻飘飘的。才走进后院，就被胡嬷嬷一眼看到了。

"天啊！"

胡嬷嬷轻呼了一声，赶过来，就气急败坏地把两人硬给拆开。

"小姐！小姐啊！"胡嬷嬷摇着梦凡，"你快回房间里去！别给银妞翠妞看到！快回去！我的老天爷啊！你不要神志不清，害了自己，更害了磊少爷呀！"

梦凡一震，有些清醒了。

"快去！"胡嬷嬷一跺脚，"快去呀！有话，以后再谈呀！"

梦凡惊悟地再看了夏磊一眼，转身跑走了。

胡嬷嬷一把拉着夏磊，连拖带拉，把他拉进了房里。转身关上房门，又关上窗子，胡嬷嬷一回头，脸色如土。

"不可以！绝对不可以！"她惊慌失措地喊，"磊少爷，你老实告诉我，你跟梦凡小姐做了些什么？你们夜里溜出家门，做了些什么？你说！"

"没有什么呀！"夏磊勉强地看着胡嬷嬷，"我到望夫崖上去，然后她来崖上找我，我们就这样站在望夫崖上……回忆着我们的童年……我们就这样站着，把什么都忘记了！"

"你没有……没有和梦凡小姐那个……你……"胡嬷嬷一咬牙，直问出来，"你没有侵犯她的身子吧？"

"当然没有！"夏磊一凛，不禁打了个寒战，"我还不至于糊涂到这种地步！她是玉洁冰清的大家闺秀呀！"

"阿弥陀佛！"胡嬷嬷急着念佛，"菩萨保佑！"她念完了佛，猛地抬头，怒盯着夏磊，"磊少爷！你是害了失心疯吗？你这样勾引梦凡小姐，你怎么对得起老爷太太？当年你无父无母，无家可归，是老爷远迢迢把你从东北带回来，养你，教你，给你书念……你就这样恩将仇报，是不是？"

夏磊热腾腾的心，蓦地被浇下一大桶冷水。他睁大眼睛看胡嬷嬷，在她的愤怒指责下痛苦起来。

"恩将仇报？哪有这么严重？我……应该和干爹去谈一谈……"

"不许谈！不能谈！一个字都不能谈！"胡嬷嬷吓得魂飞魄散，"你千万不要把你那些个自由恋爱的思想搬出来，老爷是怎样的人，你又不是不知道！康家和楚家，几代的交情，才会结上儿女亲家，你和梦凡小姐，出了任何一点差错，都是败坏门风的事，你会要了老爷的命！"

"不会吧？"他没把握地说。

"会！会！会！"胡嬷嬷急坏了，拼命去摇着夏磊，"磊少爷！你怎么忽然变成这样？你不顾老爷太太，也不顾天白少爷吗？"

"天白……"夏磊的心，更加痛苦了。

"磊少爷啊！"胡嬷嬷痛喊出声，眼泪跟着流下来了，"做人不能这样不厚道，这是错的！一定是错的！你伤了老爷的心，伤了天白少爷，你也会伤了梦凡小姐呀！做人，一定要有良心，一定不能忘了自己的身份……"

身份？又是身份二字！夏磊的心，就这样沉下去，沉进一潭冰水里去了。

除了胡嬷嬷，天白那热情坦率的脸，简直是夏磊的"照妖镜"。他追着夏磊，急切地、兴奋地、毫不怀疑地问：

"怎么？夏磊，你有没有帮我去和梦凡谈一谈呢？"

"天白，我……"他支支吾吾，好像牙齿痛。

"哦，我知道了！"天白的脸红了，"你跟我一样，碰到男女之间的事，你就问不出口来了！其实，你真是的……"他碍口地说，"我是当局者迷，所以不好意思问，你是旁观者清，怎么也和我一样害臊！"他想了想，忽然心生一计，"我去求天蓝，你说怎样？她们两个，从小就亲密，说不定，梦凡会告诉天蓝的！"

不妥！如果梦凡真告诉了天蓝，会天翻地覆的！他本能地一抬头，冲口而出：

"不好！"

"不好？"天白睁着清澈的眼睛，"那，你的意思是怎样？你说呀说呀，别吊我胃口！"

"天白。"他猛吸口气，鼓起全部的勇气来，勉勉强强地开了口，"你知道，梦凡是旧式家庭里的新女性，她不喜欢旧社会里的各种拘束，从小，她就跟着我们山里、树林里、岩石堆里奔奔窜窜，所以，养成她崇尚自由的习惯……"

"我懂了！"天白眼睛一亮。

"你懂了？"夏磊愕然地。怎么你懂了？我还没说到主题呢！你懂了？真懂了？他咬牙，停住了口。

"我就当作从没有和她订过婚！"天白扬了扬头，很得意地说，"我要把'婚约'两个字从记忆里抹掉，然后，我现在就开始去追求她！你说怎样？"他注视他，"当然，追女孩子的技巧我一点也没有，怎么开始都不知道！最重要的事是，我要向她表明心迹！表明即使没有婚约，我也会爱她到底！瞧！"他拍了拍自己的脑袋，"我可以在你面前很轻易地说出这句话来，但是，见了她，我的舌头就会打结！唉！我真羡慕你呀！"

"羡慕我？"他又怔住了。

"是啊！你不关人情，心如止水，这，也是一种幸福呢！学校里崇拜你的女孩子一大堆，就没看到你对谁动过心！天蓝、梦凡从小追随着你，你就把她们当妹妹一样来爱惜着……说实话，我有一阵子蛮怕你的……"

"怕我？"他又一愕。

"是啊！别装糊涂了！"他在他肚子上捶了一拳，"你难道不知道，梦华为了你，和天蓝大吵了一架？"

"有这等事？"他太震惊了。

"记得我们上次去庙会里套藤圈圈，你不是帮天蓝套了一个玉坠子吗？那小妞把玉坠子戴在脖子上，给梦华发现了，吵得天翻地覆呢！"

"是吗？我都不知道！"

"是我教训了梦华的！我对他说：你也太小看夏磊了，夏磊那个人，别说朋友妻，不可戏！就是朋友的朋友，他也会格外尊重，更何况是兄弟之妻呢？"

夏磊整个人惊悸着，像挨了狠狠的一棒，顿时惭愧得无地自容。他定睛去看天白，难免疑惑，天白是否话中有话，但是，天白的脸孔那么真挚和自然，简直像阳光般明亮，丝毫杂质都没有。夏磊心中激荡不已：天白啊天白，兄弟之妻，不可夺呀！我将远离梦凡，远离远离梦凡！我发誓！他痛苦地做了决定：从今以后，远离梦凡！

远离梦凡，下决心很容易，做起来好难呀。在学校里，他开始疯狂地念书，响应各种救国活动，把自己忙得半死。下了课不敢回家，总是溜到康记药材行去。药材行近来的生意很好，心眉常常在药材行帮忙。看到眉姨肯走出那深院大宅，学着做一点事情，夏磊也觉得若有所获。心眉包药粉的手法已经越来越熟练，脸上的笑容也增加了。

"小磊，是你提醒我的，人活着，总要活得有点用处！以前我总是闷在家里，像具行尸走肉似的！现在，常到康记来帮忙，学着磨药配药，也在工作里获得许多乐趣，谢谢你啊，小磊。"

夏磊看着心眉，那开展了的眉头是可喜的，那绽放着光彩的眼睛却有些不寻常！乐趣？她看来不只获得乐趣，好像获得某种重生似的。夏磊无心研究心眉，他自己那纠纠缠缠如乱线缠绕的千头万绪，那越裹越厚的，简直无法挣脱的厚茧，已使他无法透气了。真想找个人说一说，真想和康勤谈点什么，但是，康勤好忙呀，又要管店，又要应付客人，又要那么热心地指导心眉。他显然没时间来管夏磊的矛盾和伤痛了。

这段时期，夏磊的脾气坏极了。每次一见到天白，望夫崖上的一幕，就在夏磊脑中重演。怎能坦坦荡荡地面对天白呢？怎可能没有犯罪感呢？同样地，他无法面对梦凡，无法面对梦华，也无法面对天蓝。他突然变成了独行侠，千方百计地逃避他们每一个人。

逃避其他的人还容易，逃避梦凡实在太难太难了。她会一清早到他房门口等着他，也会深夜听着他迟归的足音，而热切地迎上前来：

"怎么回来这么晚？你去哪里了？怎么一清早天没亮就出去？你都在忙些什么呢？你……"

"我忙。"他头也不回地冷峻地说，"我忙得不得了！忙得一时片刻都没有！你别管我，别找我，别跟我说话！你明知道，我这么'忙'，就为了忙一件事：忙着躲开你！"

说完，不敢看梦凡的表情，他就夺门而出。跑进桦树林，跑进旷野，跑到河边，然后，冲进河水里，从逆流往上游奔窜。河水飞溅了他一头一身，秋天的水，已经奇寒彻骨。他就让这冰冷的水溅湿他、淹没他，徒劳地希望，这么冷的水可以浇熄他那颗蠢动不安的、炽热的心！

¹⁹ 望夫崖上

这么千方百计地逃开梦凡，应该就不要再上望夫崖的。但是，那座石崖有它的魔力，夏磊觉得自己像是中了邪，三番五次，就是忍不住要上望夫崖。站在崖上，登高一呼，心中的块垒，似乎会随声音的扩散，减轻不少。

这天清晨，他又站在望夫崖上了。太阳还没有从山坳里冒出来，四野在晓雾迷蒙中是一片苍茫。灰苍苍的天，灰苍苍的树林，灰苍苍的原野，灰苍苍的心境。他对着云天，放开音量，大喊：

"皇天在上！后土在下！"

皇天在上！后土在下！回音四面八方传了回来：皇天在上！后土在下！他心中苦极，陡地一转身，想下崖去。才转过身子，就发现梦凡像个石像般杵在那儿。

不行不行不行……梦凡，我们不能再单独见面！不行不行不行不行……他才抬脚要走，梦凡已经严厉地喊：

"不准走！"

夏磊一惊，从来没听过梦凡这样严厉的声音，他怔住了。

"夏磊！"梦凡憋着气，忍着泪，凄然地说，"你这样躲着我，你这样残忍地对我，是不是告诉我，上次在这望夫崖上的事都一笔勾销了！你觉得那天……是你的污点，是你的羞耻，你的错误，你后悔不及，恨不得跳到黄河里去洗洗干净！是不是？是不是？"梦凡！他心中痛极，梦凡，你饶了我吧！我是这样地懦弱，无法面对爱情又面对友谊，我是这样地自卑，无法理直气壮地争取，也无法面对一团正气的干爹呀！

"你说话啊！"梦凡落下泪来，"你清楚明白地告诉我啊！只要你说出来，你打算把我从你生命里连根拔除了，毫不眷恋了，那么……我会主动躲着你，我知道你讨厌见到我，我也会警告自己，不再上望夫崖来了！"

他抬起头，盯着梦凡，苦苦地盯着梦凡，死死地盯着梦凡。

"我已经完全不顾自己的自尊了，我千方百计地要跟着你，你却千方百计地要甩开我！我从来没有觉得自己如此卑贱！你这样对我视而不见，听而不闻……大概你巴不得永远见不到我，巴不得我消失，巴不得我毁灭，巴不得我死掉算了……"

"住口！住口！"他终于大喊出声，"你这样说是什么意思？你存心冤枉我！你比任何人都了解我，你明知道……明知道……"

"明知道什么？"梦凡反问，咄咄逼人，"我什么都不知道！我只知道你践踏我的感情，摧残我的自信，你是存心要把我置于死地！"

"梦凡啊！"他大吼着，"你这样子逼我……使我走投无路！你明知道，我躲你，是因为我怕你，我怕你……是因为我……那么那么地爱你呀！"

夏磊这话一冲出口，梦凡整个人都震住了，带泪的眸子大大地睁着，一瞬也不瞬地看着夏磊。

夏磊也被自己的话吓住了，张口无言。

两人对视了片刻。

"你说了！"梦凡屏息地说，声音小小的，"这是第一次，你承认了！即使上次，你曾忘情地抱住我，也不曾说你爱我……现在，你终于说出来了！"

夏磊震动至极，往后一靠，后脑重重地敲在岩石上。

"我完了！"

梦凡扑过来，一把抱住了夏磊的腰，把满是泪的脸贴在夏磊肩上，痛哭着热烈地说：

"既然爱我，为什么躲我？为什么冷淡我？为什么不理我？为什么不面对我？为什么？为什么？"

夏磊浑身绷紧，又感到那椎心蚀骨的痛。

"我努力了好久，拼命武装自己，强迫自己不去想你，不去看你！我天没亮就去上课，下了课也不敢回家，我这样辛辛苦苦地强迫自己逃开你，却在几分钟内，让全部的武装都瓦解了！"他深吸了口气，"为什么？你还问我为什么？难道你不知道为什么吗？因为……"他咬紧牙关，从齿缝中迸出几个字来，"我'不能'爱你！"

梦凡惊跳了一下，抬起头来看夏磊。

"我怎能爱你呢？"夏磊哀声地说，"你是干爹的掌上明珠，是整个康家钟爱的女儿，是楚家未过门的媳妇……我实在没有资格爱你呀！"他狼狈无助，却热情澎湃，不能自己，"不行的！梦凡，我内心深处，有几千几万个声音在对我呐喊：不行不行不行！是非观念，仍然牢不可破地横亘在我们中间！不行的，我不能爱你！我没有权利也没有资格爱你!"

"我们可以抗争……"梦凡口气不稳地说,"你说的,时代已经不同了!我们该为自己的幸福去争取……你,敢和北洋政府抗争,却不敢为我们的爱情抗争吗?"

"因为……"夏磊沉痛地,一字一句慢慢地说出来,"父母之命,尚可违抗;兄弟之妻,却不可夺呀!"

梦凡似乎被重击了一下,她退后,害怕地盯着夏磊。

"我每想到……"夏磊痛楚地,沉缓地继续说着,"你爹和娘会为我们的事大受打击,我就不敢爱你了!我每想到,康楚两家的友谊,我就更不敢爱你了!我再想到,童年时,我们五个,情同手足,我就更更不敢爱你了!再有天白,我只要想到天白,那么信任我、爱护我的天白……我……我……"他的泪,夺眶而出了。

"我只有仓皇逃开了!梦凡!"他抽了口气,声音沙哑,"即使我可以和全世界抗争,我也无法和自己的良心抗争!如果我放纵自己去爱你,我会恨我自己的!这种恨,最后会把我们两个都毁灭!所以,我们的爱,是那么危险的一种感情,它不只要毁灭康楚两家的幸福与和平,它也会毁灭我们两个!"他的声音,那么痛楚,几乎每个字都滴着血,一字一字从他嘴中吐出来,这样的字句和语气,把梦凡给击倒了。

梦凡更害怕了,感染到夏磊这么强和巨大的痛楚,她惶恐、悲切而失措。

"那……那我们要怎么办呢?"她无助地问。

夏磊低下头沉思,好一会儿,两人都默然无语。崖上,只有风声，来往穿梭。

忽然，夏磊振作了起来，猛一抬头，他眼光如炬。

"我们，一定要化男女之爱，为兄妹之情！"他的语气，铿锵有力，"唯有这样，我们才能爱得坦坦白白，问心无愧！也唯有这样，我们这几个从小一起长大的孩子，才能和平共处，即使是日久天长，也不会发生变化！"

梦凡被动地、目不转睛地凝视着夏磊。心中愁肠百折。十分不舍，百分不舍，千分不舍，万分不舍……却心痛地体会出，夏磊的决定，才是唯一可行之路。自己如果再步步紧逼，只怕夏磊终会一走了之。她眨动眼睑，泪珠就汹涌而出。

"只有你，会用这种方式来说服我！也只有你，连'拒绝'我，都让我'佩服'呀！"

"拒绝？"夏磊眼神一痛，"你怎敢用这两个字，来扭曲我的一片心！"

"我终于深深了解你了！"梦凡点着头，依恋地、委曲求全地瞅着夏磊，"我会听你的话，压下男女之爱，升华为兄妹之情！但是，你也要答应我，以后，不要再刻意躲着我，让我们也能像兄妹一样，朝夕相见吧！"

他紧紧地注视她，好半晌，才用力一点头。

"我答应你！"他坚定地说，"那，我们就这么说定了！从今以后，谁也不许犯规，我们要化男女之爱，为兄妹之情！"

她也用力点头，眼光始终不曾离开他的脸。

两人站在崖上，就这样长长久久地痴痴对望。

　　太阳终于从山谷中升起。最初，是一片灿烂的红霞，徐徐上升，缓缓扩大，烧红了半个天空。接着，太阳像是从山后直接就蹦了出来，乍然间光芒万丈。灰苍苍的天空先被朝霞映成红色，接着，就转为澄净的蔚蓝。灰苍苍的大地重现生命的力量，树是苍翠的绿，枫树林是红黄绿三色杂陈。蜿蜒的小河，是大地上一条白色的缎带。

　　夏磊终于掉头去看大地、看太阳、看天空。刹那间，感到自己的心，和初升的旭日一般，光明磊落！

　　就这样了。那天早上，他们在望夫崖上，做了这个神圣的决定。两人都感到有壮士断腕般的痛苦，却也有如释重负般的轻松。就这样了，从今以后，一定要牢守这条游戏规则，谁也不能越雷池一步！

　　夏磊觉得，自己一定能牢守规定。自从童年开始，梦凡就是他的小影子。在成长的过程中，总是她主动地追随着他。所以，只要梦凡不犯规，他自认就不会犯规。可是，接下来的日子里，他一点也不轻松。梦凡出现在他每个梦里，每个思想里，每页书里，每盏灯下，每个黎明和黄昏里。他竟然甩不掉她，忘不掉她！见不到她时，思绪全都萦绕着她，见了面时，心中竟翻滚着某种狂热的渴望……那渴望如此强烈，绝非兄妹之情！他一下子就掉进了水深火热般的挣扎中，每个挣扎都是一声呼唤：梦凡！无穷无尽的挣扎是无穷无尽的呼唤：梦凡、梦凡、梦凡、梦凡……

　　这就是故事一开始时，夏磊为什么会站在望夫崖上，心里翻腾汹涌着一个名字的前因后果了。望夫崖上，有太多的挣扎；望夫崖下，有太多的回忆！过去的点点滴滴，由初见梦凡，到相知，到相恋，到决心化男女之爱到兄妹之情……长长的十二年，令人心醉，又令人心碎！

是的，就是如此这般地令人心醉，又令人心碎！梦凡呵！在无数繁星满天的夜里，在无数晓雾迷蒙的清晨，还有无数落日衔山的黄昏，以及许多凄风苦雨的日子里，夏磊就这样伫立在望夫崖上，极目远眺：走吧！走到天之外去！但是，梦凡呵！这名字像是大地的一部分，从山谷边随风而至。从桦树林，从短松岗，从旷野，从湖边，从丘陵上隆隆滚至，如风之怒号，如雷之震野。

夏磊就这样把自己隔入一个进退失据、百结千缠的处境里了。

20 醉酒

无论心里有多么苦涩，日子总是一天一天地挨过去了。由秋天到冬天，夏磊整整一季，苦守着自己的誓言，虽然和梦凡朝夕相见，却丝毫不敢越雷池一步。梦凡渐渐地瘦了，憔悴了，苍白而脆弱。两人交换的眼光里，总是带着深刻的、无言的心痛，会痛至人昏昏沉沉，不知东西南北。夏磊真不知道，在这种折磨中，他到底还能撑持多久。

所有的矜持，所有的努力，却瓦解在一次醉酒上面。

会喝醉酒，是因为康勤。

这晚，夏磊在一种彷徨无助的心情下，到了康记药材行。谁知道，康勤却一个人在那儿喝闷酒。时间已晚，店已经打烊了，康勤面对着一盏孤灯，看来十分落寞。

"好极了！"康勤已带几分酒意，看到夏磊，精神一振，"我正在百无聊赖，感怀自伤，你来了，我总算有个伴了！磊少爷，坐下！喝酒！喝酒！"

夏磊坐下来就举杯。

"为这'磊少爷'三个字，罚你三杯！"他激动地嚷着，"你三代受康家之恩，我两代受康家之恩，彼此彼此，谁也不比谁强！何况，这是什么时代了，还有'少爷'？"

康勤凄然一笑。

"不管是什么时代，这少爷、小姐、老爷、奴才都是存在的！许多规矩，是严不可破的！"

夏磊被深深撞击了，眼中闪过了痛楚。

"康勤，你有话直说，不要兜圈子吧！"

康勤一怔，愣愣地看着夏磊。

"我并不是在说你……"

他忽然注意到康勤的萧索和凄苦了。

"难道你也有难言之痛吗？"

康勤整个人痉挛了一下。

"喝酒！小磊，让我们什么话都不要说，就是喝酒吧！管它今天明天，管它有多少无可奈何，我们就让它跟着这酒，一口咽进肚子里去！"

"说得好！"夏磊连干了三大杯，酒一下肚，要不说话是根本不可能的，他看着康勤，如获知己，"康勤啊，我真的快要痛苦死了！这康家，是养育我的地方，也是我所有痛苦的根源！我真恨自己啊！为什么要有这么多情感呢？人如果没有情感，不是可以快乐很多吗？我为什么不是风，不是树木，不是岩石呢？我为什么做不到无爱无恨呢？我真恨自己啊！"

康勤震动地看夏磊。

"小磊！把这个恨，也一口咽进肚里吧！我陪你！"说着，康勤就干了杯子里的酒。

"好好好！"夏磊连声说，"把所有的爱与恨，种种剪不断理不清的思绪，通通塞进肚子里去！"他连干了三杯。

"干得好！"康勤涨红了眼圈，"你是义子，我是忠仆，你不能不义，我不能不忠！人生，是故意给我们出难题！存心要把我们打进地狱里去！"

"是呵是呵！"他喊着，完全弄不懂康勤为什么如此激动，却因康勤的激动而更加激动，"明知不该爱而爱！这就是忘恩负义！我这样割舍不下，牵肠挂肚，简直是可耻的事，梦凡，她是天白的妻子呀！我真罪孽深重，不仁不义呀！"

康勤惊怔着，整个人都亢奋着。

"罪孽深重的人是我，是我啊！"

"不不，是我是我！"夏磊喊着。

"你只知道自己，不知道我啊！如果是在古时候，我是要被在脸上刺字的！我——该死啊！"

"我才该死啊！"

两人就这样你一言我一语，你一杯我一杯，说着，喝着，然后就哭着，说着，最后是哭着，喝着。夏磊酒量不深，终于大醉了。醉得又拍桌子，又摔杯子，又跳又叫，又哭又笑地大闹起来：

"什么样的人生嘛！自己都做不了主！太荒谬了！太可笑了！"

"什么夏磊嘛！根本是个骗子！骗子！大骗子！骗天白，骗干爹，骗梦凡，骗自己！什么兄妹之情嘛！浑蛋！说得比唱得还好听！浑蛋！一嘴的仁义道德，满肚子的思念不舍，浑蛋！虚伪！伪君子！小人！卑鄙！"他踢开凳子，脚步踉跄的歪歪倒倒，振臂狂呼，"你给我滚出来！夏磊！我要揍扁你！揍得你原形毕露……"

康勤一急，酒醒了大半。

"完了！这下糟了！"他赶快去扶住夏磊，"没想到你酒量这么差！趁你还走得动，我送你回家吧！"

康勤扶着夏磊，走进康家大院，无论康勤和老李怎样制止，夏磊却一路吆喝着，大吼大叫个不停：

"嗬！这是康家！康家到了！快！康勤！康福！康忠！银妞！翠妞！胡嬷嬷……你们都快去给我把夏磊揪出来！我今天要为干爹报仇！快呀……"

整个康家，全体惊动了。秉谦、咏晴、心眉、梦凡、梦华以及丫头仆佣，纷纷从各个角落里奔来，惊愕地、震动地、不可思议地看着夏磊和康勤。

"天啊！"心眉面色如纸，"康勤，你……你……你带着他喝酒！"

"康勤！"康秉谦怒吼一声，"怎么回事？你怎么让他喝得这么醉？"

"老爷！对不起！"康勤的酒，已经完完全全醒了，"真的不知道，他这样没酒量！是我的疏忽！"

夏磊站不稳，一个颠簸，差点跌倒。

梦凡发出一声痛极的惊呼：

"啊！夏——磊！"

她伸出手去，想扶夏磊，又收回手来，不敢去扶。

康勤与老李早就一边一个，架住了夏磊。

这样一折腾，夏磊看到梦凡了。这一下不得了，他对着梦凡，就大吼大叫了起来：

"梦凡，你记得你给我的那个陀螺吗？那是我第一次有陀螺！那个陀螺真有趣极了，会在地上转转转，不停地转！如果快倒了，用鞭子一抽，它又转起来，转转转转转……我现在就像个陀螺，转转转转转……"

他抬头看天，又低头看地，"哈哈！天也转，地也转，房子也转，我就这样不停地转……你不要怕我倒下去，你有鞭子啊，你可以抽下来啊……"

梦凡震动极了，抬着头，她呆呆看着夏磊，泪水在眼眶里打转，她必须用全力来控制，才不让泪水滚出来。

梦华一个箭步走上前去，伸手撑住夏磊：

"夏磊！快回房间去吧！看你把爹娘都闹得不能睡觉！走吧！快去！"

夏磊一把抓住梦华，忽然间热情奔放。

"我告诉你，天白，兄弟就是兄弟，我们在旷野里结拜，绝不是拜假的！"

梦华甩开了夏磊的手，非常不悦地说：

"我是梦华！不是天白！"

夏磊怔怔地倾过去看梦华。

"你几时变成梦华的？"他诧异地问。

康秉谦实在气坏了，大步上前，他怒声说：

"夏磊！你给我收敛一点！半夜三更，喝得醉醺醺地胡言乱语！你看看！你像什么？你这样不学好，让我痛心！你真气死我了！"

夏磊一见康秉谦，顿时挣开了康勤、老李，直奔到康秉谦面前去，东倒西歪，勉勉强强地想站稳，一面对自己怒喝：

"干爹来了！你还不站好！站好！立正！敬礼！鞠躬……"

他一面喊着口令，一面对康秉谦立正，行军礼，又鞠躬，头一弯，整个人就刹不住车，撞到康秉谦身上去了。

"啊……"梦凡又惊叫出声。

胡嬷嬷、康勤、老李、银妞、翠妞……大家七手八脚，扶住了夏磊，各人嘴里喊各人的，要劝夏磊回房去。夏磊却力大无穷地，挣开了众人，抓住康秉谦，急切地、语无伦次地说：

"干爹，你不要生气，我一定要告诉你，我是多么多么尊敬你的！虽然你不见得能了解我，你墨守成规，固执己见！你造成我心中永远的痛！可是，我还是尊敬你的！就因为太尊敬你，才把我自己弄成这副德行……"

"胡嬷嬷！"咏晴插进嘴来，"你们几个，给我把他拖回房里去！不许他再闹了！"

"是！"大家应着，又去拉夏磊，"走吧！走吧！"

"我会走的！"夏磊忽然大声喊，"不要催！我会走得远远的！我会让你们再也见不到我！"

"啊……"梦凡再低呼，把手指送到嘴边，用牙齿紧紧咬着，以阻止自己叫出声。

夏磊又大力一冲，胡嬷嬷等六七双手，都抓不住他，他紧紧缠着康秉谦：

"干爹！你不要这样生气，你听我说，我不敢辜负你的！我真的不敢！我永远记得当年在东北，你安慰我爹，你让他死而无憾！你收养了我！"他哭了起来，"你还收了我爹的尸，葬了他……你瞧，我不是通通记得吗？我怎么敢不感恩？您的恩重如山，即使要让我粉身碎骨，我也该甘之如饴的！所以，让我去痛吧！让我痛死吧！是我欠您的！干爹！谢谢！谢谢你赐给我的一切—切！请再接受我郑重的一鞠躬……"

夏磊弯腰鞠躬，这一弯，就整个软趴在地上，再也无力起来了。

康秉谦又惊又怒地看着地上的夏磊，被夏磊那番莫名其妙的话弄得心痛无比。醉后吐真言！他的话中为什么有这么多的"怨"？难道如此仁至义尽，夏磊还有不满意？他越想越气，抬头大声说：

"康忠，去给我提一桶水来！"

"是！"康忠领命而去。

"爹……"梦凡小小声地叫，泪水在眼中滚来滚去。

"秉谦！"咏晴叫。

"老爷……"心眉怯怯地看了康秉谦一眼，又去急急看康勤，眼中的痛楚，绝不会比梦凡少。康勤不敢接触这样的眼光，就试着去扶夏磊。

"你们都别拦我！全让开！"康秉谦大叫。

康忠提了水过来，康秉谦接过水桶，对着夏磊就哗啦啦地一淋。

夏磊浑身湿透，连打了两个喷嚏，整个人清醒了过来。坐在地上，他满头滴着水，惊痛地注视着满院子的人，知道自己又闯了祸。

"你给我进祠堂里来！"康秉谦沉痛地说，"我们一起去见你爹！"他一把拉起夏磊。

夏磊走进祠堂，一看到父亲的牌位，不由得双膝点地，扑通跪倒，泪盈于睫了。

"爹！"他悲痛地喊着，"请您在天之灵，给我力量，给我指示！告诉干爹，我真的不要让他伤心呀！"

"牧云兄！"康秉谦也对牌位注视着，"我该拿他怎么办？管他，他说他不是我的亲生子，不管他，他就这样令人痛心啊！"

"干爹！"夏磊拜倒于地，一迭连声地说，"原谅我！原谅我！原谅我！"

21 留书

这天晚上，夏磊彻夜无眠。

坐在书桌前面，他思前想后，痛定思痛。终于，他下定了决心，扬起笔来，他写下一封信。

干爹，干娘：

在这离别的前一刻，我心中堆砌着千言万语，想对你们说，却不知从何说起！

回忆我自从来到康家，就带给你们无数的烦恼，我虽然努力又努力，始终无法摆脱我与生俱来的一些习性，一种来自原始山林的无拘无束。因而，我成长于康家、学习于康家，却从不曾像梦华梦凡般，与康家达到水乳交融的地步！

其实，我心里也是很苦闷的，自幼，我在山林中来去自如，养成孤傲的个性。在康家成长的过程中，却时时刻刻，必须约束自己。总觉得干爹义薄云天，才收养了无家可归的我！所以，我毕竟是个"外人"。有时，竟为此感到自卑。这样，当"自卑"与"自卑"在我心中交战时，我竟变成了那样一个不可理喻的人了！那样一个不可亲近的人了！

干爹、干娘！其实，我的心是那样热腾腾的，我深爱你们，深爱梦华、梦凡，以至天白、天蓝和康家所有所有的人！这份热爱竟也困扰着我了！不知爱得太多，是不是一种僭越！于是，热腾腾的心往往又会变得冷冰冰，欲进反退，欲言又止，我就这样徘徊在康家门前，弄不清自己可以爱，还是不可以爱！干爹啊，个中矛盾，真不是我三言两语说得清楚的！或者，在久远久远以后，你终究会有了解我的一天！

带着忏悔，带着不舍，我走了！干爹干娘，请相信我，有朝一日我会再回来的！请不要以我为念！我将永远永远记住你们！希望，当我回来的那一天，你们会更喜欢那个蜕变后的小磊，别了！

恭祝：

健康幸福！

儿——磊留字

夏磊把信封好，放在一旁。想了想，又提笔写下。

梦凡：

我带走了你送我的陀螺，这一生，我都会保有它，珍藏它！

请为我孝顺干爹干娘，请为我友爱梦华、天蓝，请为我报答胡嬷嬷、康勤、眉姨、银妞、翠妞……诸家人。尤其，请为我——特别体恤天白！别了！愿后会有期！并千祈珍重！

兄——磊留字

　　夏磊把两封信的信封写好，搁笔长叹，不禁唏嘘。把信压在镇尺下面，他站起身来，看着窗子，天已经蒙蒙亮了，曙色正缓缓地漾开。窗外的天空，是一片苍凉的灰白。

　　夏磊提起简单的行囊，凄然四顾，毅然出屋而去。

22 马厩

追风静静地伫立在马厩里，头微微地昂着，晓色透过栅栏，在马鼻子上投下一道光影。夏磊拎着行囊，走了过去，拍了拍马背，哑声地低语：

"追风，十二年前，我们曾经出走过一次，却失败而归，才造成今日的种种。现在，我们是真正地要远行了！"

追风低哼了一声，马鼻子呼着热气。夏磊把行囊往马背上放好，再去墙角取马鞍。这一取马鞍，才赫然发现，马厩的干草堆上，有个人影像剪影般一动也不动地坐着。

"梦凡！"夏磊失声惊呼，"你怎么在这里？你在这里做什么？"梦凡站起身来了，慢慢地，她走近夏磊，慢慢地，她看了看马背上的行囊，再掉头看着夏磊。她的眼光落在他脸上，痴痴地一眨也不眨。她的声音也是缓慢的、滞重的，带着微微的震颤：

"要走了？决定了？"

夏磊震动地站着，注视着梦凡，思想和神志全凝固在一起。一时间，什么话都说不出来。

"从昨天半夜，你被爹叫进祠堂以后，我就坐在这儿等你！"梦凡缓慢地吸了口气，"兄妹一场，你要走，我总该送送你！"

"你……"夏磊终于痛楚地吐出了声音,"你已经料到我要走了?"

"哦,是的!"梦凡应着,"十二年了,你的脾气,你的个性,我都看得清清楚楚!这一阵子,我们都经历过了最重大的选择,面对过最强大的爱和挣扎,如果我曾痛苦,我不相信你就不曾痛苦!"夏磊怔怔地站着,眼光无法从梦凡那美丽而哀戚的脸庞上移开。

"昨夜你喝醉了。"梦凡继续说,"你大闹康家,惊动了家里的每一个人!你的醉言醉语,不知道今天还记得多少?但是,你说过的每一个字,我都记得!你说我是第一个给你陀螺的人,我害你一直转呀转呀转不停。我手里拿着鞭子,每当你快转停的时候,我就会一鞭子挥下去,让你继续地转转转……"

夏磊心中绞起一股热流,眼中充泪了。

"我这样说的吗?"

"是的!你说的!"梦凡凝视着他,"我这才知道,我是这么残忍!我一直对你挥着鞭子,害你不停地转!我真残忍……原来,这么多年以来,我一直这样对你!请你,原谅我吧!"

夏磊强忍着泪,紧紧地盯着梦凡。

"我想,我不该再拿着鞭子来抽你了,如果你不想转,就让你停吧!但是,经过昨夜的一场大闹,经过爹对你的疾言厉色,经过在祠堂里的忏悔,再经过酒醒后的难堪……知你如我,再怎样也猜得到,这次你是真的要走了!如果连这一点默契都没有,我还是你所喜欢的梦凡吗?"

夏磊眼睛眨动,泪便夺眶而出。

"所以,我来了!"梦凡的声音,逐渐变得坚强而有力,"我坐在这儿等你！面对你将离开我，这么严重的问题，我没有理智，也无法思想，所以我又拿着鞭子来了！"

"梦凡！"夏磊脱口惊呼了。

"我不能让你走！"梦凡强而有力，固执而热烈地说，"我舍不得让你走！你骂我残忍吧！你怪我挥鞭子吧！我就是没办法，我就是不能让你走！"

夏磊再也无法自持了，他强烈地低喊了一声：

"梦凡呵！"

就向梦凡冲了过去。这一冲之下，梦凡也瓦解了，两人就忘情地抱在一起了。经过片刻的迷失，夏磊震惊地发现梦凡竟在自己怀中，他浑身痉挛，一把推开了梦凡，他踉跄后退，慌乱地，哑声地喊了出来：

"瞧！这就是你挥鞭子的结果！你这样子诱惑我！这样子迷惑我……不不！梦凡！我这么平凡，无法逃开你强大的吸引力……我终有一天会犯罪……我必须走！"

他拿起马鞍，放上马背，系马鞍的手指不听使唤地颤抖着。梦凡泪眼看着他，面如白纸。

"不许走！"她强烈地说。

"一定要走！"他坚决地答。

"你走了，我会死！"她更强烈地说。

他大惊，震动地抬头盯着她。

"你不会死！"他更坚决地答，"你有爹娘宠着，有胡嬷嬷、银妞、翠妞照顾着，有梦华、天蓝爱护着，还有天白那么好的青年守着你，你不会死！"

"会的！"她固执地，"那么多的名字都没有用！如果这些名字中没有你！"

夏磊深抽了口气。

"梦凡，你讲不讲理？"

"我不讲理！"梦凡终于嚷了出来，"感情的事根本就无法讲理！你走了，我就什么都没有了！爹和娘不重要了，所有的人都不存在了！什么国家民族，我也不管了！我这才知道，我的世界只有你，你走了，我就什么都没有了！"

夏磊倒退了一步，心一横，伸手解卜马缰。

"对不起，我必须走！"

梦凡急忙往前跨了一步，终于体会到夏磊必走的决心了。她昂着头，死死地看着他。

"你一定要走？我怎么都留不住你了？"

"是！"

"那么……"梦凡似乎使出全身的力气，深深地抽了口气，"让我送你一程！"

23 旷野

旷野，依然是当年的旷野。童年的足迹似乎还没有消失，两个男孩结拜的身影依稀存在。不知怎的，十二年的时光竟已悄然隐去。旷野依旧，朔野风寒。旷野的另一端，望夫崖矗立在晓色里，是一幢巨大的黑影。

夏磊牵着马，和梦凡站定在旷野中。

"不要再送了！"夏磊再看了梦凡一眼，毅然转头，跃上了马背，"梦凡！珍重！"

梦凡抬着头，傲岸地看着夏磊，不说话。

"再见！"

夏磊丢下了两个字，一拉马缰，正要走，梦凡用一种他从未听过的、凄绝的声音，诅咒般地说了出来：

"你只要记得，望夫崖上那个女人，最后变成了一块石头！"

夏磊浑身战栗。停住马，想回头看梦凡，再一迟疑，只怕这一回头，终生都走不掉！他重重地、用力地猛拉马缰，追风撒开四蹄，扬起了一股飞灰，绝尘而去。

梦凡一动也不动，如同一座石像般挺立在旷野上。

追风疾驰着，狂奔着。

　　夏磊头也不回地，迎着风，策马向前。旷野上的枯树矮林，很快地被抛掷于身后。

　　"你只要记得，望夫崖上那个女人，最后变成了一块石头！"

　　梦凡的声音，在他耳边回响。他控着马缰，逃也似的往前狂奔。

　　"望夫崖上那个女人，最后变成了一块石头！"

　　梦凡的声音，四面八方地对他卷来。

　　他踩着马镫，更快地飞奔。

　　"变成了一块石头！变成了一块石头！变成了一块石头！变成了一块石头……"

　　梦凡的声音，已汇为一股大浪，铺天盖地，如潮水般对他涌至，迅速地将他淹没。

　　"变成一块石头！变成一块石头！变成一块石头……"

　　几千几万个梦凡在对他喊，几千几万个梦凡全化为巨石，突然间耸立在他面前，如同一片石之林。每个巨石都是梦凡傲然挺立、义无反顾的身影。

　　夏磊急急勒马。追风昂首长嘶，停住了。

　　"梦凡呵！"夏磊望空呐喊。

　　他再也控制不了自己，掉马回头，他朝梦凡的方向狂奔回去。

　　"不要变成石头！请求你……不要变成石头！"

　　他边喊边奔，但见一座又一座的"望夫崖"，在旷野上像树木般生长起来。

　　他陡地停在梦凡面前了。

　　梦凡仍然傲岸地仰着头，动也不动。

他翻身落马，扑奔到她的身边，害怕地、恐惧地抓住了她的手臂，猛烈地摇撼着她。

"不要变成石头！求求你，不要变成石头！不要！不要！不要……"

梦凡身子僵直，伫立不动，似乎已经成了化石。夏磊心中痛极，把梦凡用力一搂，紧揽于怀，他悲苦地、无助地哀呼出声：

"我不走了！不走了！你这个样子，我怎能舍你而去？我留下来，继续当你的陀螺，为你转转转，哪怕转得不知天南地北，我认了！只要你不变成石头，我做什么都甘愿！"

梦凡那苍白僵硬的脸，这才有了表情，两行热泪，夺眶而出，沿颊滚落。她抱住夏磊，痛哭失声。一边哭着，她一边泣不成声地喊着：

"你走了！我的魂魄都将追随你而去，留下的躯壳，变石头，变木头，变什么都没关系了！"

"怎么没关系！"夏磊哽咽着，语音沙哑，"你的躯壳和你的魂魄，我无一不爱！你的美丽和你的愚蠢，我也无一不爱呀！"梦凡震动地紧偎着夏磊，如此激动，如此感动，她再也说不出话来。追风静静地站在他们旁边，两人一骑，就这样久久、久久地伫立在广漠的旷野中。

²⁴ 天白

这天晚上，夏磊和梦凡一起烧掉了那两封留书。

既然走不成，夏磊决心要面对天白。

"这并不困难。"夏磊看着那两封信，在火盆中化为灰烬，掉头凝视梦凡，"我只要对天白说，我努力过了，我挣扎过了，我已经在烈火里烧过，在冰川中冻过，在地狱里煎熬过，我反正没办法……我只要对他坦白招认，然后，要打要骂要惩罚要杀戮，我一并随他处置……就这样了！这……并不困难，我所有要做的，就是去面对天白！只有先面对了天白，才能再来面对干爹和干娘！是的！我这就面对天白去！"

梦凡一语不发，只是痴痴地、痴痴地凝视着他，眼中绽放着光彩。

应该是不困难的！但是，天白用那么一张信赖、欢欣、崇拜而又纯正无私的面孔来迎向他，使他简直没有招架的余地。在他开口之前，天白已经嘻嘻哈哈地嚷开了：

"你的事我已经知道了！通通都知道了！"

"什么？"他大惊，"你知道了？"

"是啊！"天白笑着，"梦华来我家，把整个经过都跟我们说了！我和天蓝闻所未闻，都笑死了！"

"梦华说了？"他错愕无比，"他怎么说？"

"说你喝醉了酒，大闹康家呀！"天白瞪着他，眼睛里依旧盛满了笑，"你对着康伯伯，又行军礼，又鞠躬，又作揖……哈哈！"

"有你的！醉酒也跟别人的醉法不一样！你还把梦华当作我，口口声声说拜把子不是拜假的！"天白的笑容一收，非常感动地注视着他，重重地拍了他一下，"夏磊，你这个人古道热肠，从头到脚，都带着几分野性，从内到外，又带着几分侠气！如果是古时候，你准是七侠五义里的人物！像南侠展昭，或是北侠欧阳春！"

"天白……"他几乎是痛苦地开了口，"不要对我说这些话，你会让我……唉唉……无地自容！"

"客气什么，恭维你几句，你当仁不让，照单全收就是了！"天白瞪了他一眼，"其实，你心里的痛苦我都知道，寄人篱下必然有许多伤感！但是，像你这样堂堂的男子汉，又何必计较这个？康伯伯的养育之恩，你总有一天会报的！你怕报答不够，我来帮你报就是了！你是他的'义子'，我是他的'半子'呀！"

夏磊凝视天白，应该是不困难的，但，他却一个字也说不出口！半个字也说不出口！

说不出口，怎样回去面对梦凡？

夏磊不敢回康家，冲进野地，他踢石头，捶树干，对着四顾无人的旷野和云天，仰首狂呼：

"夏磊！你完了！你没出息！你懦弱！你浑蛋！你敢爱而不敢争取……你为什么不敢跟你的兄弟说——你爱上了他的未婚妻！你这个孬种！你这个伪君子……"

喊完了，踢完了，发泄完了他筋疲力尽地垂着头，像个战败的公鸡。

²⁵ 康记

那天深夜，把自己折腾得憔悴不堪，他不敢回康家，怕见到梦凡期待的脸。那么彷徨，那么无助，他来到康记药材行门前，在这世上，唯一能了解他的人，就是康勤了！康勤！救命吧！康勤，告诉我，我该怎么办？

康记药材行的门已经关了，连门上挂的小灯笼也已经熄灭了。夏磊推推门，里面已经上了闩。他扑在门上，开始疯狂般地捶门，大嚷大叫着：

"老板！开门哪！不得了！有人受重伤！老板！救命哪！老板！快来呵！救命哪……"

一阵乱嚷乱叫以后，门闩"呼啦"一响，大门半开，露出康勤惊慌的脸，夏磊撞开了门，就直冲了进去。

"有人到了生死关头，你还把门关得牢不可破……"他冲向康勤的卧室门口，"快把你藏在屋里的花雕拿出来，我需要喝两杯……"

"磊少爷……"康勤惊呼，"不要……"

来不及了，夏磊已撞开了卧室的门，只见人影一闪，有个女人急忙往帐后隐去，夏磊一颗心跳到了喉咙上，惊愕至极，骇然地喊了一声：

"眉姨!"

心眉站住了,抬起头来,面如死灰地瞪视着夏磊。

康勤慌张地把门重新闩好,奔过来,对着夏磊,就直挺挺地跪了下去。

"磊少爷! 不能说呀! 你千万不能说出去呀!"

心眉见康勤跪了,就害怕地也跪下了:

"小磊! 我求你,别告诉你干爹干娘,只要说出去一个字,我们两个就没命了!"

夏磊瞪视着心眉和康勤,只觉得自己的心脏,掉进了一个深不见底的深谷里去了。

"你们……你们……"他结巴地说,几乎不敢相信这个事实,"你们背叛了干爹? 你们……居然……"

"磊少爷!"康勤哀声说,"请原谅我们! 一切的发展,都不是我们自己所能控制,实在是情非自己呀!"

"怎么会这样?"夏磊太震惊了,显得比康勤心眉还慌乱,"我完全被你们搅乱了! 你们起来,不要跪我……"

"千错万错,都是我错!"心眉双手合十,对夏磊拜着,"我不该常常来这儿,学什么处方配药! 我不该来的! 但是,小磊,你也知道的,我在家里是没有地位的,那种失魂落魄的生活,我过得太痛苦了呀!"她看了康勤一眼,"康勤……他了解我,关心我,教我这个,教我那个,使我觉得,自己的存在又有了价值,于是我就常常来这里找寻安慰……等我们发现有了不寻常的感情时,我们已经无法自拔了!"

"可是，可是……"夏磊又惊骇，又痛苦，"眉姨！你们不能够！这种感情，不可能有结果，也不可能有未来呀！你们怎么让它发生呢？"

康勤羞惭无地地接了口：

"我们都知道！我们两个，都不是小孩子，都经历过人世的沧桑，我们应该会控制自己的感情，可是，人生的事，就是无法用'能够'与'不能够'来预防的！小磊，你不是也有难言之痛吗？"夏磊的心口一收，说不出来地难过。

"小磊，你是始作俑者啊！"心眉急切地说，"是你从五四回来，大声疾呼，每个人都有争取快乐的权利，是你一语惊醒梦中人，让我从沉睡中醒过来！"

"哦！"夏磊狼狈地后退，扶住一张椅子，就跌坐了下去，"我怎么会说这么多话？说了，却又没有能力为自己的话收拾残局！老天啊！"他惊慌地看着两人，越来越体会到事情的严重性，"你们怎么办？如果给干爹知道了……康勤，眉姨，你们……老天啊，你们怎么办？"

康勤打了个冷战。

"磊少爷！所以，求你千万别说！对任何人都不能说！对梦凡小姐或天白少爷，都不能说呀！"

"是！是！是！"心眉害怕极了，声音中带着颤抖，"如果给你干爹知道了，我们两个，是根本活不成的！康勤是他的忠仆，我是他的姨太太，我们就像这药材行一样，是有'康记'字样的！"

"是啊，你们明知道的！"夏磊更慌了，"你们明知故犯！我现在才明白了！我早该看出来的！我真笨！可是，可是，你们到底要怎么办呢？"他激动地抓住康勤，"康勤，干爹承受不了这个！即使他能承受，他也不会容忍！即使他能容忍，他也不会原谅……你们，你们悬崖勒马吧！好不好？好不好？我们离开这个房间，就当什么事都没发生过！我不说，你们也不说，把这件事整个忘掉，好不好？好不好？你们再也不要继续下去，好不好？"

康勤惭愧无比，痛心地看了看心眉，再看夏磊。

"你这样吩咐，我就照你的吩咐去做！"他转向心眉，"小磊说得对，悬崖勒马！在我们摔得粉身碎骨之前，唯有悬崖勒马一条路了！"

心眉垂下头去，泪水大颗大颗地涌了出来，一串串地滚落了下去。

"小磊。"她哽咽地说，"我会感激你一生一世，只要这事不声张出去，我……我……我们……都听你的！悬崖勒马，我……我们就……悬崖勒马！"

夏磊站起身子，迫不及待地去扶心眉。

"眉姨，我们快回家吧！回去以后，谁都别露声色！走吧！再不走，夜就深了！"

心眉慌慌张张地站起身子，情不自禁地，眼光又投向康勤，满眼的难舍难分。

"康勤……"她欲言又止，身子摇摇欲坠。

康勤也站了起来，望着心眉，他伸手想扶她，在夏磊的注视下，他勉强克制了自己，把手硬生生地收了回来。

"我都懂的，你别说了！"他凄凉地回答，"能生活在同一个屋檐下，彼此都知道彼此，偶尔见上一面，心照不宣，也是一种幸福吧！……也就够了！你，快去吧！"

夏磊看着两人，依稀仿佛，他看到的是自己和梦凡，他的心脏，为他们两个而绞痛，一时间，只感到造物弄人，莫过于此了。但，他不敢再让他们两人依依惜别，重重地跺了一下脚，他简单地说：

"走吧！"

心眉不敢犹豫，抹抹泪，她惶惶然如丧家之犬，心碎地跟着夏磊去了。

^{26} 小树林内

发现了康勤这么大的秘密，夏磊整个人都被震慑住了。在害怕、焦虑、担心、难过……各种情绪的压力下，还有那么深刻的同情和怜恤。他同情心眉，同情康勤，也同情康秉谦。看到康秉谦毫不知情地享受着他那平静安详的日子，坚称"恬淡"就是幸福，夏磊心惊胆战。每次走进康家那巍峨的大门，每次穿过湖心的水榭，每次看着满园的银杏石槐和那些曲径回廊时，他都感到康家的美景只是一个假象，事实上却是乌云密布，暗潮汹涌，而大难将至。

这些"暗潮"中，当然包括了自己和梦凡。在"康记"的事件之后，他几乎不敢再去想梦凡，不敢再去碰触这个问题。但是，梦凡见到夏磊一连数日都是愁眉深锁，对她也采取回避的态度，她心里就明白了！夏磊不敢告诉天白！他怎样都开不了口！她失望极了。失望之余，也有愤怒和害怕：夏磊不对了！夏磊完全不对了！他整个人都在瑟缩，都在逃避，他甚至不敢面对她，也不肯和她私下见面了！她又恐惧又悲痛，夏磊啊夏磊！你到底要把我们这份感情，如何处理？经过了旷野上"欲走还留"的一场挣扎，你如果还想一走了之，你就太残忍太无情了！梦凡心底，千缠百绕，仍然是夏磊的名字。最深的恐惧，仍然是夏磊的离去。

这天一清早，梦凡忍无可忍，在夏磊门前拦截了他。四顾无人，梦凡拉着他，强迫地说：

"我们去小树林里谈个清楚！走！"

在梦凡那燃烧般的注视下，夏磊无法抗拒。他们来到了小树林，康家屋后的小树林，童年时，夏磊来到康家的第一个早晨，就曾在这小树林中，无所遁形地被梦凡捕捉了。如今，他们又站在小树林里了。

"夏磊，听我说！"梦凡面对夏磊，一脸的坚决，"你不要再举棋不定，你不要再矛盾了！我已经决定了——我们一起私奔吧！"

"你说什么？"夏磊大吃了一惊。

"私奔！"梦凡喊了出来，面容激动，眼神坚定，"我想来想去，没有其他办法了！你不是一直想回东北吗？好！就回东北吧！我们一起回东北！"

夏磊深抽了口气，目光灼灼地盯着梦凡。

"私奔？你居然敢提出这两个字！梦凡呵！你追求爱情的勇气，实在让我佩服！坦白说，这两个字，也在我脑海中盘桓过千百次，我就是没有勇气说出来！"

"那么，就这样办了！"梦凡更加坚决了，"我们定一个计划，收拾一点东西，说走就走！"

夏磊怔怔地看着梦凡。

"可是，我们不能这样办！"

"为什么？"梦凡大怒起来，"我已经准备为你奉献一切了！跟着你颠沛流离，吃苦受罪我都不怕！离乡背井，告别爹娘，负了天白……我都不顾了！我就预备这样豁出去，跟着你一走了之！你怎么还有这么多的顾虑？你到底在想些什么？你说！你说！"

"我们如果私奔了，干爹干娘会陷进多么绝望的打击里！一个是他们的掌上明珠，一个是爱如己出的义子……这种恩将仇报的事，我实在做不出来！何况天白……我们会把他对人世的热情一笔勾销，我们会毁掉他……不不，我们不能这样做的！"

"你胆小！你畏缩！"梦凡绝望极了，泪水夺眶而出，她双手握着拳，对他又吼又叫地大嚷了起来，"你顾忌这个，你顾忌那个！你既不敢向全世界宣布你对我的爱，又不敢带着我私奔！你只会鼓吹你的大道理，一旦事到临头，你比老鼠还胆小！你这样懦弱，真让我失望透了！"她用袖子狠狠地一拭泪，更愤怒地喊，"我终于认清楚你了！你这个人不配谈爱情！你的爱情全是装出来的！你满口的仁义道德，只为了掩饰你的无情！你只想当圣人，不想为你所爱的女人做任何牺牲……事实上，你只爱你自己，只爱你所守住的仁义道德！你根本不爱我，你从来没有爱过我……你是如此虚伪和自私，你让我彻底地失望和绝望了！"

夏磊大大地睁着眼睛，紧紧地盯着梦凡，随着梦凡的指责，他的脸色越来越白，呼吸越来越急促。他内心深处，被她那么尖利的语言，一刀一刀般刺得千疮百孔，而且流血了。他不想辩白，也无力辩白。头一昂，他勉强压制住受伤的自尊，僵硬地说：

"既然你已经把我认清楚了，我们也不必再谈下去了！你说的都对！我就是这样虚伪懦弱！"

说完，他转过身子，就预备走出林去。

"夏磊！"梦凡尖叫。

她的声音那么凄厉，使夏磊不得不停住了步子。他站着，双目平视着前面的一棵桦树，不愿回头。

梦凡飞奔过来，从夏磊背后一把抱住他的腰，痛哭了起来，边哭边喊着：

"原谅我！原谅我！原谅我……我口不择言，这样伤害你，实在是因为我太爱太爱你呀！我愿意随你远去天涯海角，也愿意和你一起面对责难，就是无法忍受和你分开呀！"

夏磊转过身子，泪，也跟着落下。

"梦凡，你知道吗？你说的很多话都是对的！我胆小，我懦弱，我顾忌太多……你可以骂我，可以轻视我，但是，绝对绝对不可以，怀疑我对你的爱情！如果不是为你这样牵肠挂肚，我可以活得多么潇洒快乐，多么无拘无束，理直气壮！你说我根本不爱你，这句话，哦！"他痛楚地咽了口气，"我不原谅你，我不要原谅你！我——会恨你！因为恨你比爱你好受太多太多了！"

"不不不！"梦凡狼狈地用手捧住夏磊的脸，泣不成声地说，"不要恨我！不要恨我！我是这么这么这么样地爱你，你怎么可以恨我呢？"

夏磊崩溃在梦凡那强烈的表白下，忘了一切。忘了道德枷锁，忘了康家、天白，忘了仁义礼教，忘了是非曲直……他紧拥着她，把自己灼热的唇，狂热地紧压在她那沾着泪水的唇上。

这是他第一次吻她，天旋地转，万物皆消。

他不知道吻了她多久。忽然间，有个声音在他们耳边爆炸般地响了起来：

"夏磊！梦凡！"

夏磊一惊，和梦凡乍然分开。两人惊愕地抬头，只见梦华双手握拳，怒不可遏地对着他们振臂狂呼：

"好呀！你们两个！躲在这树林里做这样见不得人的事！夏磊！你浑蛋！你欺负我妹妹！你凭什么吻她！你不要脸！你无耻！你下流！"

他挥起拳头，一拳打到夏磊下巴上。夏磊后退了一步，靠住树干，他抬头迎视着梦华，忽然觉得一块石头落了地，所有混沌的局面都打开了。他深深吸口气，斩钉截铁地、坚定有力地说：

"梦华，我没有欺负你妹妹，我是爱上她了，完全无法自拔地爱上她了！就算要遭到全世界的诅咒，我也无可奈何，我就是这样不可救药地爱上她了！"

27 爆发

夏磊和梦凡的相恋，像一个火力强大的炸弹，轰然巨响，把整个康家，顿时炸得七零八落。

康秉谦的反应，比夏磊预料的还要强烈。站在康家的大厅里，他全然无法置信地看着夏磊和梦凡，好像他们两个，都是来自外太空的畸形怪物，是他这一生不曾见过，不曾接触，不曾认识，更遑论了解的人类。他喘着气，脸色苍白，眼神错愕，震惊得无以复加。

"小磊。"他低沉地说，"快告诉我，这是一个误会！是梦华看错了！对不对？"

"干爹！"夏磊痛楚地喊，"我不能再欺骗你了，也不能再隐瞒你了！请你原谅我们，也请你成全我们吧！"

咏晴立即用手蒙着脸，哭了起来。好像人生最羞耻的事，就是这件事了。一面哭着，一面倒退着跌进椅子里，银妞、翠妞在两边扶着，她仍然瘫痪了似的，坐也坐不稳。

"秉谦啊！这可怎么是好呀？"她哆哆嗦嗦地嚷着，"家里出了这样的丑事，我怎么活呀？"

"小磊。"康秉谦兀自发着愣，"你所谓的原谅和成全，到底是什么意思？"

"爹呵！娘呵！"梦凡扑了过来，哭着往地上一跪，"我和夏磊真心相爱，我此生此世，跟定夏磊了！爹呵！请你帮助我们吧！答应我们，允许我们相爱吧！"

康秉谦死死盯着梦凡，再掉回眼光来，死死盯着夏磊。他逐渐明白过来，声音沉重而怆恻：

"小磊，这就是你所做的，轰轰烈烈的大事吗？"

夏磊的身子晃了一下，似乎挨了狠狠的一棍，脸色都惨白了。但他挺直了背脊，义无反顾地说：

"我知道我让您伤透了心，我对不起您，对不起天白，对不起康家的每一个人！但是，我已经很努力地尝试过了，我们千方百计地想要避开这个悲剧，我们避免见面，不敢谈话，约定分手……但是，每挣扎一次，感情就更强烈一次！我们实在是无可奈何！干爹，干娘，发生的事就是发生了，我爱梦凡，早就超越了兄妹之情，我爱得辛苦而又痛苦！这么久的日子以来，我一直徘徊在爱情与道义之间，优柔寡断，害得梦凡也跟着受苦，现在，我无法再逃避了！一个男子汉大丈夫，该对自己的行为负责任，虽然我违背了道义，毕竟对我自己是诚实的，我就是和梦凡相爱了！请你们不要完全否定我们，排斥我们……请你们试着了解，试着接纳吧！"

康秉谦闻所未闻，见所未见，目瞪口呆地听着夏磊这番话。他终于听懂了，终于弄明白这是事实了。他深深地抽了一口冷气，忽然间大喝出声：

"男子汉大丈夫！夏磊，是你在用这几个字吗？你怎敢如此亵渎这个名词！男子汉大丈夫不做亏心之事！男子汉大丈夫不夺人所爱！

男子汉大丈夫要上不愧于天，下不怍于人！像你这样偷偷摸摸，鬼鬼祟祟，纠缠梦凡，是非不分……你，居然还敢自称'男子汉大丈夫'！你配吗？配吗？你这样伤我的心，折辱我们康家的名誉，你对得起我？对得起你爹在天之灵吗？……"

夏磊被康秉谦的义正词严给打倒了，面容惨白，哑口无言。

"爹！"梦凡凄厉地大喊了一声，膝行到康秉谦的面前，拉住康秉谦的衣摆，不顾一切地喊，"你不要逼夏磊！这不是他的错！是我，是我！都是我的缘故！他根本不敢爱我，是我不放过他的！他一直躲避我，一直拒绝我，是我一再又一再去缠住他的！好几次，他退开了，好几次，他提议分手，他甚至留书要离开康家回东北了，是我哭着喊着把他苦苦留下来的！是我，是我这样一次又一次地去缠着他的！爹！自从十二年前，你把他从东北带来，那第一个晚上，我听了他的故事，抱着我心爱的小熊去给他做伴，从那时起，就已经命中注定了！我心里就再也没有别人了！就只有他一个！十二年了，我就这样追在他后面，纠缠了他十二年……"

康秉谦瞪着梦凡，气得快晕倒了！这算什么话！从未想到，一个女孩子竟说出这种话！他忍无可忍，举起手来，他用力一巴掌挥了过去。梦凡跌倒于地，他仍然心有未甘，冲过来，提起脚就踹。怒声大吼：

"你这个寡廉鲜耻的东西！你气死我了！气死我了！你真让康家蒙羞！"

夏磊飞快地拦过去，代替梦凡挨了康秉谦一脚。跪下来，他和梦凡双双伏于地：

"干爹啊！请您发发慈悲，有一点悲悯之情吧！您瞧，我们已经这样一往情深了，割也割不开，分也分不开，您就网开一面……允许我们相爱吧！"

"不！不！绝不！"康秉谦痛极，抖着声音喊，"我永远也不会原谅你们！永远也不会接纳你们！你们这样气我，在我的眼睛底下欺骗我！夏磊！你让我怎样向楚家交代？你难道不知道，守信义，重然诺……我是这样活过来的人，一生也不敢毁誓灭信！你……你……你这样置我于不仁不义的境地……你……你……"他太气了，气得说不出话来了，跌跌撞撞地，他冲到窗边，对着窗外的天空，用尽全身的力气大喊了一句，"牧云兄哪！"

夏磊震动已极，伤痛已极，伏在地上，动也不能动。

梦凡满脸都是泪。全屋子的人，有的拭泪，有的害怕，有的愤怒，有的畏缩。梦华是一脸的愤愤不平，而心眉，触景伤情，已哭得肝肠寸断。

"来人啦！"康秉谦终于回复神志，对外喊着，"康福！康忠！胡嬷嬷！给我把梦凡拖回房去，关起来，锁起来，从今以后，不许让他们见面！来人哪！"

在门外侍立的康福、康忠、胡嬷嬷，大家七手八脚全来拉梦凡，梦凡惨烈地哭喊着：

"爹……求求你……爹……我爱他呀！我这样这样地爱他呀……爹，不要关我！不要关我……爹……"

她一路哭喊着，却身不由己地被一路拖了出去。

28 囚

梦凡真的被关进了卧房。咏晴、心眉、胡嬷嬷、银妞、翠妞轮番上阵，说服的说服，看守的看守，就是不让梦凡离开闺房一步。梦凡不断地哭着求着解释着，只有心眉，总是用泪汪汪的、心碎的眼光瞅着她，不说一句劝解的话。其他的人，好话，歹话，威胁，善诱……无所不用其极。两天下来，梦凡不吃不喝不睡，哭得泪尽声嘶，整个人瘦掉了一大圈，憔悴得已不成人形。

这两天中，夏磊并没有被囚。但是，整个康家，忽然变得没有一个人跟他说话，连一向对他疼爱有加的胡嬷嬷，都板着脸离他十万八千里。他被彻底地隔绝和冷冻了，这种隔绝，使他比囚禁还难过。他像一个被放逐于荒岛的犯人，再也没有亲情、友情，更别说爱情了。夏磊从小习惯孤独，但是绝不习惯寂寞，这种冷入骨髓的寂寞，使他整个人都陷入崩溃边缘。两天下来，他再也按捺不住自己，他冲进梦凡住的小院里，试着要和梦凡联系。胡嬷嬷、老李、康忠忙不迭地把他往院外推，胡嬷嬷竖着眉毛，瞪大眼睛，义正词严地说：

"你把梦凡小姐害成这样子，你还不够吗？你一定要把她害死，你才满意吗？走走走！再也不要来招惹梦凡小姐！你给她留一条活路吧！"

"梦凡！梦凡！"他大喊，"你怎样了？告诉我你怎样了？梦凡！梦凡……"

梦凡一听到夏磊的声音，就疯狂般地扑向窗子，撕掉窗纸，她对外张望，哭着嚷：

"夏磊！救我！救救我！我快死了！"

房内的咏晴、银妞、翠妞、心眉忙着把梦凡拖离窗口，梦凡尖声嘶叫："娘！娘！放我出去！我要见他！我要见他！"她又扑向门口，大力地拍着门，"放我出去！放我出去……"

康秉谦带着康福来到小院里，一见到这等情况，气得快晕倒了。他当机立断，大声吩咐：

"康忠、康福、老李，你们去拿一把大锁，再把柴房里的木板拿来！她会撕窗纸，我今天就把整个窗子给钉死！咏晴、心眉、银妞、翠妞……你们都出来！不要再劝她，不要和她多费唇舌，我把门也钉死！让她一个人在里面自生自灭！"他对康忠等人一凶，"怎么站着不动？快去拿木板和大锁来！"

"是！"康忠等人领命，快步去了。

"咏晴！你们出来！"康秉谦再大喊。

咏晴带着心眉等人出了房门，康秉谦立即把房门带紧，拦门而立。心眉流着泪喊了一声：

"老爷子啊！你要三思呀！这样下去，会要了梦凡的命！她那样……真会出人命呀！"

"是呀是呀！"咏晴抹着泪，一迭连声地应着，"你让我慢慢开导她呀，这样子，她会活不成的……"

"我宁可让她死！不能让她淫荡！"康秉谦厉声说，"谁再多说一句，就一起关进去！"

夏磊看着这一切，只觉得奇寒彻骨，他心痛如绞，他大踏步冲上前去，激动地说：

"干爹，你要钉门钉窗子？你不能这样做！她是你的女儿，不是你的囚犯呀！"

"我不用你来告诉我，我该怎么做！"康秉谦更怒，"这里没有你说话的余地！"

康福康忠已抬着木板过来，老李拿来好大的一把大铜锁。康秉谦抓起铜锁，"咔嚓"一声，把门锁上了。

"爹！爹！娘！娘！"梦凡在房里疯狂般地喊叫义正词严"不要锁我！不要钉我！让我出来……"她扑向窗子，把窗纸撕得更开，露出苍白凄惶的脸孔，"夏磊，救我！"

"钉窗子！快！"康秉谦暴怒地，"她如此丧失理智，一丝悔意也没有！快把窗子钉死！"

康福康忠无奈地互视，抬起木板，就要去钉窗子。

"干爹！"夏磊飞快地拦在窗子前面，伸出双手，分别抓紧了窗格，整个人贴在窗子上面。

"好！"他惨烈地说，"你们钉吧！从我身上钉过去！今天，除非这钉子穿过我的身体，否则，休想钉到窗子！现在，你们钉吧！连我一起钉进去！钉吧！钉吧！"康忠康福怔在那儿，不能动。

咏晴、心眉都哭了。银妞、翠妞、胡嬷嬷也都跟着拭泪。康秉谦见到这种情况，心也碎了，灰了，伤痛极了。

"事到如今，我真是后悔！"康秉谦瞪着夏磊说，"后悔当初，为什么要把你从东北带回来？"

夏磊大大一震，激动地抬起头来，直视着康秉谦。

"你终于说出口了！你后悔了！为什么要收养我？干爹，这句话在我心中回荡过千次万次，只是我不忍心问出口！我也很想问你，为什么要收养我？为什么？"

康秉谦惊愕而震动。

"你为什么不把我留在那原始森林里，让我自生自灭？"夏磊积压已久的许多话，忽然倒水般从口中滚滚而出，"我遇到豺狼虎豹也好，我遇到风雪雨露也好，我忍受饥寒冻馁也好……总之，那是我的命啊！你偏偏要把我带到北京来，让我认识了梦凡，十二年来，朝夕相处，却不许我去爱她！你让我受了最新的教育，却又不许我有丝毫离经叛道的思想！你让我这么矛盾，你给我这么多道义上的包袱，感情上的牵挂……是你啊，干爹！是你把我放到这样一个不仁不义，不上不下，不能生也不能死，不能爱也不能恨的地位！干爹，你后悔，我更后悔呀！早知今日，我宁愿在深山里当一辈子的野人，吃一点山禽野味，也就满足了！或者，我会遇到一个农妇村姑，也就幸幸福福过一生了！只要不遇到梦凡，我也不会奢求这样的好女孩了！"他咽了一口气，更强烈地说，"现在，干爹，你看看！我已经遍体鳞伤，一无是处！连我深爱的女孩子，近在咫尺，我都无法救她！我这样一个人，还有什么存在的意义？你回答我！干爹！你回答我！"

康秉谦被夏磊如此强烈地质问，逼得连退了两步。

"是我错了？"他错愕地自问，"我不该收养你？"

夏磊冲上前去，忘形地抓住康秉谦的手腕。泪，流了下来。

"干爹！你难道还不了解吗？悲剧，喜剧，都在您一念之间呀！"

"在我一念之间？"

"成全我们吧！"夏磊痛喊着。

康秉谦怔着，所有的人都哭得稀里哗啦，梦凡在窗内早已泣不成声。就在这激动的时刻，梦华领着天白、天蓝，直奔这小院而来。

"爹，娘！天白来了！"梦华喊着，"他什么都知道了！"大家全体呆住了。

29 谈判

天白的到来，把所有僵持的局面，都推到了另一个新高点。康秉谦无法在天白面前，囚禁梦凡，只得开了锁。梦凡狼狈而憔悴地走了出来，她径直走向天白，含着泪，颤抖着，带着哀恳，带着求恕，她清晰地说：

"天白，对不起！我很遗憾，我不能和你成为夫妻！"

天白深深地看了梦凡一眼，再回头紧紧地盯着夏磊。小院里站了好多好多的人，竟没有一个人开口说话，空气里是死般的宁静。天白注视了夏磊很久很久以后，才抬头扫视着康家众人。

"康伯伯，康伯母。"他低沉地说，"我想，这是我、夏磊和梦凡三个人之间的事，我们三个人自己去解决，不需要如此劳师动众！"他看向夏磊和梦凡，"我们走！"

咏晴不安地跨前了一步，伸手想阻止。秉谦颓然地叹了口长气：

"我们已经无能为力了！他们口口声声说，他们是自己的主人，我们做不了主了！那么，就让他们去面对自己的问题吧！"

天白、夏磊和梦凡穿过了屋后的小树林，来到童年结拜的旷野上。

旷野上，寒风瑟瑟，凉意逼人。当年结拜时摆香案的大石头依然如旧，附近的每个丘陵，每块岩石，都有童年的足迹。当日的无忧无虑，笑语喧哗，依稀还在眼前，斗蟋蟀，打陀螺，骑追风，爬望夫崖……种种种种，都如同昨日。但是，转眼间，童年已逝，连欢笑和无忧无虑的岁月，也跟着一起消逝了。

三人不约而同地停止了脚步。然后，三人就彼此深刻地互视着。天白的目光，逐渐凝聚在夏磊的脸上。他深深地、痛楚地、阴郁地凝视着夏磊。那眼光如此沉痛，如此感伤，如此落寞，又如此悲哀……使夏磊完全承受不住了。夏磊努力咬着嘴唇，想说话，就是不知道说什么好。最后，还是天白先开了口：

"我一直很崇拜你，夏磊，你是我最知己的朋友，最信任的兄弟！如果有人要砍你一刀，我会毫不犹豫地挺身代你挨一刀！如果有人敢动你一根汗毛，我会和他拼命！我是这样把你当偶像的！在你的面前，我简直没有秘密，连我对梦凡的感情，我也不忌讳，也对你和盘托出！而你，却这样地欺骗我！"

夏磊注视着天白，哑口无言。

"不是的，天白！"梦凡忍不住上前了一步，"是我的错！我控制不住自己，我破坏了约定，是我！是我！"

天白扫了梦凡一眼，眼光里的悲愤，几乎像一把无形的利刃，一下子就刺穿了她。她微张着嘴，喘着气，不敢再说下去。

"夏磊！"天白往夏磊的面前缓缓走去，"顷刻之间，你让我输掉了生命中所有的热爱！对朋友的信心，对爱情的执着，对生活的目标，对人生的看法，对前途、对理想、对友谊……全部瓦解！夏磊，你这样一个顶天立地的男子汉，带着我们去争国家主权，告诉我们民族意识，你这么雄赳赳、气昂昂，大义凛然！让我们这群小萝卜头跟在你后面大喊口号，现在，救国的口号喊完了！你是不是准备对我喊恋爱自由的口号了？你是不是预备告诉我，管他朋友之妻、兄弟之妻，只要你夏磊高兴，一概可以掠夺……"

天白已经逼近了夏磊的眼前，两人相距不到一尺，天白的语气，越来越强烈，越来越悲愤。夏磊面色惨白，嘴唇上毫无血色，眼底盛满了歉疚、自责和惭愧。天白停住了脚步，双手紧握着拳。

"回忆起来，你从小好斗……"他继续说，"每次你打架，我都在后面帮你摇旗呐喊，我却从不曾和你争夺过什么，因为我处处都在让你！你就是要我的脑袋，我大概也会二话不说，把我的脑袋双手奉上！但是，现在你要的，竟是更胜于我脑袋的东西……不，不是你要的，是你已经抢去了……你怎么如此心狠手辣！"

忽然间，天白就对着夏磊，一拳狠狠地捶了过去，这一拳又重又猛，猛然打在夏磊嘴角，夏磊全不设防，整个人踉跄着后退，天白冲上前去，对着他胸口再一拳，又对着他下巴再一拳，夏磊不支，跌倒于地。梦凡尖叫着扑了过来：

"天白，不要动手，你今天就是打死他，他也不会还手，这不公平，这不公平……"

梦凡的尖叫，使天白霎时间妒火如狂。他用力推开了梦凡，从地上搬起一块大石头，想也不想地，就对着夏磊的头猛砸了下去。

"夏磊！夏磊！夏磊！"梦凡惨烈的尖叫声，直透云霄。

血从夏磊额上，泉涌而出，夏磊强睁着眼睛，想说什么，却没有吐出一个字，就晕死过去。

³⁰ 病中

整整一个星期，夏磊在生死线上挣扎。

康家几乎已经天翻地覆，中医、西医请来无数。夏磊的房里，一天二十四小时不断人，包扎伤口、敷药、打针、灌药、冷敷、热敷……几乎能够用的方法，全用到了。病急乱投医。康秉谦自己精通医理，康勤还经常开方治病，到了这种时候，他们的医学常识全成了零。夏磊昏迷、呕吐、发高烧、呻吟、说胡话……全家人围着他，没有一个人唤得醒他。这种生死关头，大家再不避嫌，梦凡在床边哀哀呼唤，夏磊依旧昏迷不醒。

这一个星期中，天白不曾回家，守在夏磊卧房外的回廊里，他坐在那儿像一个幽灵。天蓝三番五次来拖他、拉他，想把他劝回家去，他只是坐在那儿不肯移动。梦华懊恼于自己不能保密，才闯下如此大祸，除了忙着给夏磊请医生以外，就忙着去楚家，解释手足情深，要多留天白、天蓝住几天。关于家中这等大事，他一个字也不敢透露。楚家两老，早已习惯这一双儿女住在康家，丝毫都没有起疑。

第八天早上，夏磊的烧退了好多，呻吟渐止，不再满床翻腾滚动，他沉沉入睡了。西医再来诊治，终于宣布说，夏磊不会有生命危险了，只要好好调养，一定会康复。守在病床前的梦凡，乍然听到这个好消息，喜悦得用手捂住嘴，哭出声来。整整一星期，她的心跟着夏磊挣扎在生死线上，跟着夏磊翻腾滚动。现在，夏磊终于脱离危险了！他会活！他会活！他不会死去！梦凡在狂喜之中，哭着冲出夏磊的卧房，她真想找个无人的所在，痛痛快快地哭一场，哭尽这一个星期的悲痛与担忧。

　　她才冲进回廊，就一眼看到伫候在那儿的天白。

　　天白看到梦凡哭着冲出来，顿时浑身通过了一阵寒战，他惊跳起来，脸色惨白地说：

　　"他死了？是不是？他死了？"

　　"不不不！"梦凡边哭边说，抓住了天白的手，握着摇着，"他会好！医生说，他会好起来！他已经度过危险期……天白，他不会死了！他会好起来！"

　　"啊！"天白心上的沉沉大石，终于落地，他轻喊了一声，顿时觉得浑身乏力，看到梦凡又是笑又是泪的脸，他自己的泪，就不禁流下，"谢天谢地！哦，谢天谢地！"他深抽口气，扶着梦凡的肩，从肺腑深处，挖出几句话来，"梦凡，对不起！我这样丧失理智……害惨了夏磊……和你，我真是罪该万死……"

　　"不不不！"梦凡急切地说，"该说对不起的人是我！是我不好，才造成这种局面！一切都是因我而起！你不要再责怪自己了，你再自责，我更无地自容了！"

　　天白痴痴地看着梦凡。

　　"现在，他会好起来，我也……知道该怎么做了！"他心痛地凝视梦凡，"你是——这么深，这么深地爱他，是吗？"

梦凡一震，抬头，苦恼地看着天白，无法说话。

"你要我消失吗？"他哑声问，字字带着血，"我想，要我停止爱你，我已经做不到！因为，从小，知道你是我的媳妇，我就那么偷偷地、悄悄地、深深地爱着你了！我已经爱成'习惯'，无法更改了！但是，我可以消失，我可以离开北京，走到很远很远的地方去，让你们再也见不到我……"

梦凡大惊失色，震动地喊：

"你不要吓我！夏磊刚刚从鬼门关转回来，你就说你要远走……你世世代代，生于北京，长于北京，你要走到哪里去？你如果走了，你爹你娘会怎样……你……你……你不可以这么说，不可以这样吓我……你们两个都忙着要消失，我看还是我消失算了！"

"好好好，我收回！我收回我说的每个字！"天白又惊又痛地嚷，"我不吓你！我再也不吓你！我保证，我绝不轻举妄动……我不消失！不走！我留在这儿……等你的决定，哪怕要等十年、一百年，我等！……好吗？好吗？"

梦凡哭倒在天白肩上。

"我们怎么会这样？"她边哭边说，"我多么希望，我们没有长大！那时候，我们相爱，不会痛苦……"

天白痛楚地摇摇头，情不自禁，伸手扶着梦凡的肩。

远远地，康秉谦和咏晴走往夏磊房去，看到这般情景，两人都一怔。接着，彼此互视，眼中都绽放出意外的欢喜来。不敢惊动天白与梦凡，他们悄悄地走进夏磊房去了。

　　夏磊不知道自己沉睡了多久，也不知道自己身在何方，心在何处。只感到疼痛从脑袋上延伸到四肢百骸，每个毛孔都在燃烧，都在痛楚。终于，这燃烧的感觉消退了，他的神志，从悠悠晃晃的虚无里，走回到自己的躯壳，他又有了意识，有了思想，有了模模糊糊的回忆。

　　他想动，手指都没有力气，他想说话，喉中却喑哑无声。他费力地撑开了眼皮，迷迷糊糊中看到室内一灯如豆。床边，依稀是胡嬷嬷和银姐，正忙着做什么，一面悄声地谈着话。夏磊合上眼，下意识地捕捉着那细碎的音浪。

　　"总算，天白少爷和梦凡小姐都肯去睡觉了……"

　　"真弄不懂，怎么会闹得这么严重！老爷太太也跟着受累，这磊少爷也真是的……"

　　"……不过，好了！现在反而好了……"

　　"为什么？"

　　"……听太太说，天白少爷和梦凡小姐，在回廊里一起哭……他们好像和好了，蛮亲热的……"

　　"……怎么说，都是磊少爷不应该……"

　　"是呀！这磊少爷，从小就毛毛躁躁，动不动就闹出走……毕竟是外地来的孩子，没一点安定……他能给梦凡小姐什么呢？家没个家，事业没个事业……连根都不在北京……天白少爷就不同了，他和梦凡小姐，从小就是金童玉女呀……"

　　"嘘！小声点……"

　　"睡着了，没醒呢！"

"……这天白少爷，也好可怜呀！守在门外面，七八天都没睡……我们做下人的，看着也心疼。"

"……还好没让亲家老爷、亲家太太知道……"

"家丑不可外扬呀……"

"嘘！好像醒了！"

胡嬷嬷扑过身子来，察看夏磊。夏磊转了转头，微微呻吟了一声，眼皮沉重地合着，似乎沉沉睡去了。

第十天，夏磊是真正地清醒了，神志恢复，吃了一大碗小米粥，精神和体力都好了许多。这天，康勤提着药包来看夏磊，见夏磊眼睛里又有了光彩，他松了口气。四顾无人，他语重心长地说：

"小磊，你和我，都该下定决心，做个了断吧！"

"了断！"夏磊喃喃地说，"要'了'就必须'结束'，要'断'就必须'分手'！"

康勤悚然一惊，怔怔看着夏磊。

两人深切地互视，都在对方眼中，看到难舍的伤痛。

于是，夏磊决定要和天白好好地、单独地谈一次了。摒除了所有的人，他们在夏磊病床前，做了一次最深刻，也最平静的谈话。

"天白。"夏磊凝视着天白，语气真挚而诚恳，"千言万语都不要说了！我们之间的悲剧，只因为我们爱上了同一个女人！这种故事都只有一个结局，所以，天白，我决定了，我退出！"

"你退出？"天白怔住了。

"是的！"他坚决地说，"我郑重向你保证，从今以后，我会消失在你和梦凡之间！"

天白不敢置信地瞪着他。

"我终于从昏迷中醒过来了！也彻底觉悟了！只有我退出这一场战争，康楚两家才能换来和平，我们兄弟之情，也才能永恒呀！"

"不不！"天白摇着头，"这几句话，是我预备好，要对你说的！你不能什么都抢我的先，连我心里的话，你都抢去了！"

"这不是你心里的话，如果你真说出口了，也是违心之论！你这人太坦率，一生都撒不了谎！"

"而你，你就可以撒谎了！"

"我不用撒谎，我承认爱梦凡！我只是把我深爱的女孩子，郑重交给你了！我们姑且不论她应该属于谁，就算我们都是平等地位，都有权利追求她吧！而今，我已体会出来，我们两个，只有一个能给她幸福，那个人是你而不是我！"

"你怎有这样的把握？"天白紧紧盯着夏磊，"我是一丝一毫信心都没有！尤其这几天，我已目睹梦凡为你衣不解带，我就算是瞎子、白痴，也该有自知之明，我在梦凡心里，连一点地位都没有啊！"

"是吗？真的吗？一点地位都没有吗？"

天白困惑了，心弦激荡。是吗？

"你到底想干什么？"他大声问，"你不是极力争取梦凡的吗？怎么突然退让了起来？"

"大概被你狠狠一敲，终于敲醒了！"夏磊长叹了一声，"你想想看，梦凡是那样脆弱、纤细、高贵、热情的女孩子，需要一个温存的男人，小心呵护。我，像那样的男人吗？我粗枝大叶，心浮气躁……始终怀念着我童年的生活！我总觉得我应该生活在一群游牧民族之间，而不能生活在这种画栋雕梁里！我想了又想，假若我真的和梦凡结合了，那可能是个不幸的开始！因为我和她，毕竟属于两个世界！天白……"他语气坚定地，"谢谢你敲醒了我！"

"你几乎说服了我！"天白深吸了口气，"如果我对'爱'的认识，不像这几天这样深切，我就被你说服了！"

"爱，这个字太抽象了！我们谁也没办法把它从心中脑中抽出来，看看它到底是方的还是圆的。但是，有一点是肯定的，爱一直和我们的幻想结合在一起，我们的幻想又会把这个字过分地渲染和夸大，把它'美化'和'神化'了！"

"你的意思是说……"

"我的意思是说，梦凡现在不过是迷失在自己的幻想里罢了！等她长大成熟，她会发现，我只是她生命中的一个'过客'而已！

"你也了解我的，我总有一天要走，去找寻我自己的世界，我不能被一个女孩子拴住终身！"

天白沉吟着，深深地看着夏磊。

"你向我保证，你说的都是真心话吗？"

"我保证！我这一生，从没有像现在这样清醒过！"

"你不是为了解开我们三个人的死结，故意这么说的？"

"当然我要解开这个死结！我们三个，再也不能这样你争我夺的了！这样发展下去，受伤害的，绝不止我们三个！所以，天白，这毕竟是我们两个男人间该决定的事！"他忽然抬高了音量，重重地说，"你到底要梦凡，还是不要？如果你敢从心里说一句你不要她，我就要了！"

天白大大一惊，冲口而出：

"如果我不是这样强烈地想要她，我也不会打破你的头了！"

夏磊叹了口大气，眼中蒙眬了起来。带着壮士断腕的悲壮，他唇边浮起了一个微笑。

"那么，天白，好好爱护梦凡！如果有一天，你待她不好，我会用十块石头，敲碎你的脑袋！"

和天白彻底谈过之后，就轮到康秉谦了。

"干爹，我终于想通了！我答应您！不害梦凡失节，不害天白失意，更不会让您成为毁约背誓的人！我发誓从今以后，和梦凡保持距离！"他正视着康秉谦，真心真意地，掏自肺腑地说，"面对天白的痛苦后，我完全瓦解了！我觉得自己比一个刽子手还要残酷，还要罪恶！我终于知道了，爱情诚然可贵，但是，亲情、友情、恩情、手足之情更不能抹杀！爱情的背后，如果背负了太多的不仁不义，那么，这份爱情，也变得不美了！"

康秉谦震动地注视着夏高，好半晌，才哑声问：

"我能信任你吗？"

"我发誓，我用我爹娘在天之灵发誓……"

"不必如此！小磊。"康秉谦郑重地说，"我相信你！我愿意相信你今天说的每个字，并且告诉你，如果我有第二个女儿，我绝对愿意把她嫁给你！"

夏磊落寞地一笑，苍凉地说：

"谢谢你，干爹！事到如今，我不知道你还会不会后悔收养了我？那天，我们彼此又吼又叫，都说了许多决裂的话。现在，我一定要跟您说清楚，我永远不后悔和您父子一场！对于这十几年康家给我的一切，我永怀感恩之心！"

康秉谦眼中迅速充泪了。

"小磊啊！我们差一点失去了你！在你昏迷的那些日子里，我才体会到你怎样深刻地活在我心里，你和我的亲生儿子，实在没有两样啊！十几年来，我为你付出的心血和感情，比梦华还要多呀！孩子啊，经过这一番生死的考验，经过这一次的抉择……你或者心存怨恨，即使没有，你或者想离我而去……果真如此，我一样会痛彻心扉呀！"

"干爹！"夏磊惊愕而痛楚地喊，这才明白，康秉谦对他的了解，实在是相当深厚的，"我答应你，我会努力，努力和梦凡保持距离，也努力留在你身边，但是，万一……"

"没有但是！也没有万一！"康秉谦的手，重重地压在夏磊肩上，"我就相信你了！"

和康秉谦谈过之后，就该面对梦凡了。梦凡，梦凡啊！这名字将是他心头永远永远的痛，将是他今生唯一唯一的爱。梦凡呵，怎么说呢？怎样对你说，我又退缩了？

这天晚上，天白和天蓝终于回家了。康秉谦正色对梦凡做了最严重的交代：

"这些日子，我放任你在小磊房里出出入入，只因为小磊病情严重，我已无心来约束你的行为！现在小磊好了，天白也回家了，你造成的灾难总算度过了！从今天起，你不许再往小磊房里跑！一步也不许进去！"

"爹……"梦凡惊喊。

“咏晴！”康秉谦大声说，“你叫银妞、翠妞，给我看着她！心眉、胡嬷嬷，你们也注意一点，不要再给他们两个任何接近的机会，至于学校，当然不许再去了！我要重整门风！如果他们两个再私相授受，我绝不宽恕！”

梦凡再度被幽禁了。

夜静更深，梦凡病恹恹地看着胡嬷嬷、心眉、银妞、翠妞。要看守她一个人，竟动员了四个人。防豺狼虎豹，也不过如此吧！四个人都守着她，谁去侍候夏磊呢？他正病弱，难道就没人理他了吗？

“胡嬷嬷。”她站起身来推胡嬷嬷，把她直往门外推去，“你去照顾夏磊，看他要吃什么，要喝什么？伤口还疼不疼……你去！你去！”

“你放心吧！他那个人，身子像铁打的一样，烧退了，睡几觉，就没事了！”胡嬷嬷说，“我奉命守着你，只好守着你！”

梦凡在室内兜着圈子，心浮气躁。轮流看着四个人，她们一字排开，坐在房门口。四双眼睛全盯住了她。她走来走去，走去走来，无助地绞着手，心里疯狂地想着夏磊。夏磊啊夏磊，你和天白谈了些什么呢？你和爹又谈了些什么呢？为什么天白笃笃定定地去了？为什么爹娘又有了欣慰的表情呢？夏磊啊，你心里想些什么呢？当你昏迷的时候，你不断不断地叫着我的名字，现在你清醒了，就不再呼唤我了，还是……你的呼唤，深藏在心底呢？她抬眼看窗，窗外，寒星满天。侧耳倾听，夜风穿过松林古槐，低低地叹息着，每声叹息都是一声呼唤：梦凡！

她突然停在四个人面前，双膝一软，跪倒在地。

“我求求你们！让我去见他一面！要聚要散，我要听他亲口说一句！我一定不多停留，只去问他一句话，你们可以守在门口，等我问完了，你们立刻带我回房！求求你们！我求求你们！"

四个人大惊失色，都直跳了起来，纷纷伸手去扶梦凡。

"小姐！你金枝玉叶的身子，怎么可以跟我们下跪呢？"胡嬷嬷惊慌地说。

"我不是金枝玉叶。"梦凡拼命摇头，"我是你们的囚犯呀！我已经快要发疯了！我连见他一面的自由都被剥夺了，不如死了算了！"

"梦凡呀！"心眉揽着梦凡的胳膊，试着要拉她起来，不知怎的，心眉脸上全是泪，"你的心情，我全了解呀！你心里有多痛，我也了解呀……"

"眉姨！眉姨！"梦凡立刻像抓住救星般，双手紧握着心眉的手，仰起狂热而渴求的面孔来，"救救我！让我去见他一面！如果他说散了，我也死了心了！我知道，我跟他走到这一步田地，已经是有梦难圆了……但是，好歹，我们得说说清楚，否则，眉姨，他那个人是死脑筋，他会走掉的！你们没有人守着他，他会一走了之的……眉姨，求你，让我去见他一面，看看他好不好？听一听他心里怎么想……"她对心眉磕下头去，"我给你磕头！"

心眉用力抹了一把泪，跺跺脚说：

"就这样了！你去见他一面！只许五分钟，胡嬷嬷，你拿着怀表看时间……"

"眉姨娘！"胡嬷嬷惊喊。

"别说了！我做主就是了！"她看着梦凡，"起来吧！要去，就快去！"

梦凡飞快地跳了起来，飞快地拥抱了心眉一下，飞快地冲出门去。

心眉呆着，泪落如雨。胡嬷嬷等人怔了怔，才慌慌张张地跟着冲出门去。

于是，梦凡终于走进夏磊的房间，终于又面对夏磊了。五分钟，她只有五分钟！站在夏磊床前，她气喘吁吁，脸颊因激动而泛红，眼睛因渴盼而发光，她贪婪地注视着夏磊的脸，急促地说：

"夏磊，我好不容易，才能见你一面！"

夏磊整个人都僵直了。

"不！不！"他沙哑地说，"我累了！倦了！我不当陀螺了！"一句话，已经透露了夏磊全部的心思。梦凡呆站在那儿，整颗心都被撕裂了。

"那么，你告诉我，你要我怎么做？我要你亲口对我说，你说得出口，我就做得到！"

夏磊跳下床来，不看梦凡，他冲到五斗柜前，开抽屉，翻东西，用背对着梦凡，声音却铿锵有力：

"我要你跟随天白去！"

梦凡点点头。

"这是你最后的决定了？"

"是！"夏磊转过身子，手中拿着早已褪色的狗熊和陀螺，他冲到梦凡面前，把两样东西塞进她手里，"我要把你送给我的记忆完全还给你！我要将它们完完全全地，从我生命中撤走了！"梦凡呆呆地抱着小熊和陀螺。

"好！"她怔了片刻，咬牙说，"我会依你的意思去做！我收回它们，我追随天白去！但是，你也必须依我一个条件！否则，我会缠着你直到天涯海角！”

“什么条件？”

“你不能消失，你不能离去。做不成夫妻，让我们做兄妹！能够偶尔见到你，知道你好不好，也就……算了！”

好熟悉的话。是了，康勤说过：能同在一个屋檐下，彼此知道彼此，心照不宣，也是一种幸福吧！夏磊苦涩地想着，犹豫着。

“你依我吗？”梦凡强烈地问，“你依我吗？”

“你跟天白去……我就依了你！”

梦凡深深抽了口气，走近夏磊。

“那么，我们男女之情，就此尽了。以后要再单独相见，恐怕也不容易了。夏磊，最后一次，你可愿意在我额上，轻轻吻一下，让我留一点点安慰呢？”

夏磊凝视着她。没有男人能抗拒这样的要求！没有！绝没有！他扶住梦凡的肩，感动莫名，心碎神伤。他轻轻地对她那梳着刘海的额头，吻了下去。

突然间，一阵门响，康秉谦冲进室内，怒声大吼：

“小磊！梦凡！你们这是做什么？我就知道你的诺言不可靠，果然给我逮个正着！”

夏磊和梦凡立刻分开，苍白着脸，抬头看康秉谦。

“是谁让他们见面的？”康秉谦大怒，指着屋外的四个女人，“你们居然给他们把风？你们！”

“老爷呀……”胡嬷嬷、银妞、翠妞嚷着，“请开恩呀……”

“不关她们的事，是我！”心眉往前了一步，“是我做的主，我让他们见面的！”

“你？”康秉谦大惊，“你好大的狗胆！”

“干爹！”夏磊回过神来，急急地说，“事情不像你看到的那么坏，我们……”

“不要叫我干爹！”康秉谦断然大喝，“你的允诺，全是骗人的！你这样让我失望……我从此，没有你这个义子了！”

“爹！……”梦凡掉着泪喊，“我是来和他做个了断……”

“你无耻！”康秉谦打断了梦凡，“你这样对男孩子投怀送抱，你还要不要脸……”

心眉突然间忍无可忍了，再往前冲了一步，她脱口叫出：

“为什么要这样？有情人终成眷属，不是很好吗？”

满屋子的人都惊呆了，全体回头看心眉。

“你说什么？”康秉谦不相信地问。

“本来就是嘛！”心眉豁出去了，“为什么要拆散人家相爱的一对呢？他们男未婚，女未嫁，一切还来得及，让他们相爱嘛！他们青梅竹马，两小无猜，现在这样情投意合，也是人间佳话，为什么要这样残酷，硬是不许他们相爱呢……”

心眉的话没说完，康秉谦所有的怒气，都集中到心眉身上来了，他举起手，一个耳光就甩在心眉脸上，痛骂着说：

“你滚开！不要让我再见到你！”

心眉惊痛地抬头，泪水疯狂般地夺眶而出，用手捂着脸，她狼狈地痛哭着跑走了。

夏磊颓然而退，感到什么解释的话，都不必说了。

31 康勤

如果夏磊不和梦凡私会，心眉就不会挨打，心眉不挨打，就不会积怨于心，难以自抑。那么，随后而来的许多事就不至于发生。人生，就是有那么多的事情，不是人力可以控制，也不是人力可以防范或挽回的。

心眉和康勤的事，终于在这天早晨爆发了。

对康秉谦来说，似乎所有的悲剧，都集中在这个冬天发生。他那宁静安详的世界，先被夏磊和梦凡弄得天崩地裂，然后，又被心眉和康勤震得粉粉碎碎。

这天一大早，康秉谦就觉得耳热心跳，有种极不祥的预感，他走出卧房，想去看看夏磊。才走到假山附近，就看到有两个人影，闪到假山的后面去了！康秉谦大惊，以为梦凡和夏磊又躲到假山后面来私会，他太生气了，悄悄地掩近，他想，再捉到他们，他只有一个办法，把梦凡即日嫁进楚家去。

才走近假山石，他就听到石头后面，传来饮泣与哭诉的声音，再倾耳细听，竟是心眉！

"……康勤，你得救我！老爷这样狠心地打我，他心中根本没有我这个人！他现在变得又残酷又不近人情了，我再也受不了了！我没办法再在康家待下去……康勤，我这人早就死了，是你让我活过来的……现在，不敢去药材行见你，我是每夜每夜哭着熬过来的……你不能见死不救呀……"

"心眉。"康勤的声音里充满了痛楚和无奈，"小磊和梦凡是我们的镜子啊！他们男未婚女未嫁，还弄成这步田地，你和我，根本没有丝毫的生路呀……"

康秉谦太震动了，再也无法稳定自己了，他脚步踉跄地扑过去，正好看到心眉伏在康勤肩上流泪，康勤的手，搂着心眉的腰和背……他整个人像被一把利剑穿透，提了一口气，他只说出两个名字：

"心眉！康勤！"

说完，他双腿一软，就厥过去了。

康家是流年不利吧！咏晴、胡嬷嬷、银妞、翠妞、夏磊、梦华、梦凡都忙成了一团，又是中医西医往家里请，康忠、康福、老李忙不迭地接医生，送医生。由于康秉谦的晕倒延医，弄得心眉和康勤的事，完全泄了底。大家悄悄地、私下地你言我语，把这件红杏出墙的事越发指染得不堪入耳，人尽皆知。

康秉谦是急怒攻心，才不支晕倒的，事实上，身体并无大碍。

清醒过来以后，手脚虽然虚弱，身子并不觉得怎样。但，在他内心深处，却是彻骨的痛。思前想后，家丑不能外扬，传出去，大家都没面子。康秉谦真没料到，他还没有从梦凡的打击中恢复，就必须先面对心眉的打击。这打击不是一点点，而是又狠又重的。康勤，怎么偏偏是康勤？他最钟爱的家人，是忠仆、是亲信，也是从小一块长大，有如手足的朋友呀，怎么偏偏是康勤？

　　经过了一番内心最沉痛的挣扎，康秉谦把康勤叫进了自己的卧室，关上房门，他定定地看着康勤。康勤立刻就情绪激动地跪下了。

　　"康勤。"康秉谦深吸了口气，压抑地问，"你原来姓什么？"

　　"姓周。"

　　"很好。今天，出了我家大门以后，你恢复姓周，不再姓康！"

　　"老爷！"康勤震动地说，"你把我逐出康家了！"

　　"我再也不能留你了！"他凝视康勤，"虽然你曾经是我出生入死，共过患难，也共过荣华的家人，是我的亲信，我的左右手，而现在，你却逼得我要用刀砍去我的手臂！康勤，你真叫我痛之入骨呀！"

　　康勤含泪，愧疚已极。

　　"现在不是古时候，现在也不是清朝，现在是民国了！没有皇帝大臣，没有主子奴才，现在是'自由'的时代了！小磊、梦华他们一天到晚在提醒我，甚至是'教育'我，想要我明白什么是'自由'，什么是'人权'……没料到，我第一件要面对的事，居然是康勤——你。"

　　"老爷，您的意思是……"康勤困惑而惶恐。

　　"你'自由'了！我既不能惩罚你，也不想报复你，更不知该如何处置你……我给你自由！从此，你不姓康，你和我们康家，再无丝毫瓜葛，至于康记药材行，你从此也不用进去了！"

　　"老爷，你要我走？"康勤颤声问。

　　"对！我要你走！走得远远的！这一生，不要让我再见到你！离开北京城，能走多远，就走多远！你得答应我，今生今世，不得再踏入我们康家的大门！"

　　康勤愧疚、难过、伤痛，却承受了下来。

"是！老爷希望我走多远，我就走多远！今生今世，不敢再来冒犯老爷……只希望，我这一走，把所有的罪过污点一起带走！老爷……"他吞吞吐吐，碍口而痛楚地说，"至于……眉姨娘，您就原谅了她吧！错，是我一个人犯的，请您高抬贵手，别为难她……"

康秉谦用力一拍桌子，怒声说：

"心眉是我的事！不劳你费心！"

"是！"康勤惶恐地应着。

"走吧！立刻走吧！"

康勤恭恭敬敬，对康秉谦磕了三个头，流着泪说：

"老爷！您这份宽容，这份大度量！我康勤今生是辜负您了！我只有来生再报了！"

康秉谦掉头去看窗子，眼中也充泪了。

"康勤，你我有缘相识了大半辈子，孰料竟不能扶携终老，也算人间的残酷吧！"

"老爷！康勤就此拜别！"康勤再叩了一个头，站起身来，不敢再惊动康秉谦，他依依不舍地掉头去了。

康勤当天就收拾了行李，离开了北京城。从东窗事发，到他远走，只有短短两天。他未曾和心眉再见到面，也不曾话别。

夏磊却追出城去了，骑着追风，他在城外的草原上，追到了康勤。

"康勤，让我送你一程吧！"

康勤震动地注视着夏磊。

夏磊跳下马来，两人一骑，走在苍茫的旷野里。

"康勤。"夏磊堆积着满怀的怆恻、痛苦，还有满怀的疑问、困感，以及各种难描难绘的离情别绪，"你怎么舍得就这样走了？眉姨的未来，你也不管了？"

"不是不管，实在是管不着呵！"康勤悲怆地说，"心眉一直了解我的，她知道我是怎样一个人，说真的，我根本不配去谈感情，我内心的犯罪感，早已把我压得扁扁的。现在，我就算走到天涯海角，都逃不开我对老爷的歉疚！我想，终此一生，我都会抱着一颗戴罪之心，去苟且偷生了！我这样惭愧，这样充满犯罪感，怎么可能顾全心眉……我注定是辜负她了！"

"我懂了！"夏磊出神地说，"你把'忠孝节义'和'眉姨'摆在一个天平上称，'忠孝节义'的重量，绝对远超过了'眉姨'！"

"我这种人，在康家，是个叛徒，在感情上，是个逃兵！我怎么配谈忠孝节义！"康勤激动地一抬头，"小磊，临别给你一句赠言：千万不要重蹈我的覆辙！"

夏磊悚然而惊。

"我倒有个想法，为断个干净，为一了百了，我不如现在就跟你一起走！"

"小磊！"康勤语重心长，"你别傻了！我必须走，是因为我在康家已无立足之地，没有人要原谅我，甚至，没有人要接受我的赎罪。康家上上下下，会因为我的离去，而平息一些怒气，进而，或者会原谅了心眉！至于你，那是完全不一样的！康家每一个人都爱你，老爷更视你为己出，你只要压下心中那份男女之情，你可以活得顶天立地。终究，我只是一名'家仆'，而你，是个'义子'呀！"

夏磊呆呆地看着康勤。

"不要再送了！"康勤含泪说，"小磊！珍重！"

夏磊忽然慌张起来：

"康勤，你走了，眉姨怎么办？她整颗心都在你身上，你走了，她的世界也没有了，你要她怎么活下去？"

康勤站定了，眼底闪着深刻的凄凉。

"不，你错了。心眉的世界，一直在康家，她是因为得不到康家任何人的重视和珍爱，才把感情转移到我身上来的！现在，我走了，釜底抽薪。她失去了我，会把出轨的心，拉回到轨道上来。只要老爷原谅她，康家上上下下不责怪她……这康家的围墙里，仍然是她最安全的世界！她本来就是个安分守己的女人！她会回到自己的天地里去！"

夏磊怔着。

"你想过的！"他喃喃地说，"你都想过了！"

"想过千千万万次了！"康勤叹了口气，眼神悲苦，"可是，小磊，我还是几万个放心不下呀！我……我……我可不可以拜托你……"

"你说吧！"

"你有时间，常去开导一下心眉，让她像接受梦恒的死一样，接受了这个事实……"

夏磊用力点了点头。

"你要到哪里去呢？"

"我往南边走，越远越好。此后，四海为家，自己也不知道会去哪里！"

"你安定了，要写信来！"

"不用了吧！"康勤用力一甩头，"既然要断，不妨断得干净！说不定，以后会青灯古佛，了此残生！跳越出人世的爱恨情仇，才能走进另一番境界里去吧！再见了！小磊！不要再送了！"

夏磊呆呆地站着，看着康勤背着行囊的身影，越走越远，越走越远，逐渐成为大草原上的一个小黑点。他忽然强烈地体会到，康勤说的，就是事实了。他会走到一个遥远遥远的地方去，从此青灯古佛，用他漫长的后半生，去忏悔他的罪孽。他就是这样了。

夏磊眼中湿湿的，心中，是无比的酸涩和痛楚。康勤的影子，已远远地贴在天边，几乎看不见了。

³² 心眉

　　康勤走了。心眉整个人像掉进冰湖里，湖中又冷又黑，四顾茫然，冰冷的水淹着她，窒息着她。她伸手抓着，希望能抓到一块浮木。但是，抓来抓去，全是尖利如刀、奇寒彻骨的碎冰。稍一挣扎，这些碎冰就把她割裂得体无完肤。

　　"什么眉姨娘，简直是霉姨娘呵，倒霉的霉！"银妞说着，"这下子，可把我们老爷的脸给丢尽了！"

　　"真是羞死人了！"翠妞说着，"别说老爷太太，少爷小姐，就连我们这些做丫头的，都觉得羞死了！"

　　"唉唉唉！"胡嬷嬷连声叹气，"她是康家的二太太呀！怎能这样没操守呢！她就算不为老爷守，也该为她那死去的儿子梦恒少爷，积点阴德呀……"

　　"是呀，人家望夫崖上的女人，宁愿变成石头，也不失节的……"

　　心眉是逃不掉的！康家的大大小小，已经为她判了无期徒刑。她无论走到哪儿，都可以听到最最不堪的批判。她已经被定罪了，她是"淫荡""无耻""下流""卑鄙"……的总和。这些罪名，在梦凡的事件里，大家都不忍用在梦凡身上，但是，却毫不吝啬、毫不保留地用在心眉身上了。

心眉被孤立了，四面楚歌。在茫然无助中，她去找梦凡，但是，梦凡房里，正好有天蓝来玩。

"梦凡！"天蓝正咄咄逼人地说，"你不要再帮眉姨辩护了！不忠实就是不忠实！水性杨花就是水性杨花，说什么都没有用！你家眉姨娘，生活在这样的诗书之家，即使有些寂寞，也该忍受！我们女人，什么是'好'，什么是'坏'，不就看在自我操守上吗？眉姨娘这样的女人，留在家里，是永远的'祸害'！"

心眉不敢去找梦凡了，她逃跑了。逃到回廊的转角处，听到康福在对康忠说：

"其实，康勤是个老实人哪！坏就坏在一个眉姨娘，天下的男人，几个受得了女人的勾引呢？"

"说得是啊！这康勤，被老爷逐出北京，以后日子怎么过呢？真是一失足成千古恨哪……"

心眉赶紧回身，朝反方向逃去，泪眼昏花，脚步踉跄，一头就撞在咏晴身上。

"心眉！你这是怎的？"咏晴一脸正气，"老爷病着，你别让他看到你这副失魂落魄的样子！如果心里不舒服，要害什么相思病的话，也关到你自己的房里去害，别在花园里跑来跑去，给大家看笑话……"

心眉冲进了自己的房里，关起房门，又关起窗子，浑身颤抖着，身子摇摇晃晃，额上冷汗涔涔。

没有人会原谅她的！没有人会忘记她所犯的罪！关紧房门，她关不住四面八方涌来的指责：她淫荡！她无耻！她玷污了康家！她

害惨了康勤！所有的罪恶，她必须一肩挑，她却感到，自己那弱不
禁风的肩膀，已经被压碎了。

夏磊来找她了，急促地敲开了门，夏磊带着一脸的了解与关怀，
迫切地说：

"眉姨，你要忍耐啊！你要勇敢啊！这个家庭的道德观念，就是
这样牢不可破的！但是，大家的心都是好的，都是热的……你要慢
慢度过这一段时间，等到大家淡忘了，等到你重新建立威信了，大
家又会回过头来尊重你的！"

"不会的！不会的！"她痛哭了起来，"没有人会原谅我的！他们
全体判了我的死刑，你一言，我一语，他们说的话像一把利剑，他
们就预备这样杀死我！我现在真是生不如死呀！大概只有我跳下望
夫崖，大家才会甘心吧！"

"眉姨，你不要说傻话！"夏磊急切地说，"干爹，干爹他会原谅
你的！只要干爹原谅你了，别人也就原谅你了！你的世界，是康家
呀！你要在康家生存下去，只有去求干爹的原谅！去吧！去求吧！
干爹的心那么柔软……他会原谅你的……"

心眉心中一动，会吗？康秉谦会原谅她吗？

晚上，心眉捧着一碗莲子汤，来到康秉谦的卧室门口，犹疑心
颤，半晌，终于鼓足勇气，敲了敲房门。

咏晴打开房门，怀疑地看着她。

"我……我……我来……"心眉碍口地、羞惭地、求恕地说，
"给……老爷送碗莲子汤……"

咏晴让到一边去，走到窗边，冷眼看康秉谦做何决定。

心眉颤巍巍地捧着莲子汤来到康秉谦床前。

"老爷！我……我……"她哀恳地看着康秉谦，眼里全是泪，"给您……熬了莲子汤……您趁热喝……"

康秉谦注视着心眉，接触到的，是心眉愧悔而求恕的眸子，那么哀苦，那么害怕。泪，从她眼角滑下，她双手捧着碗，不敢稍动，也不敢拭泪。康秉谦的心动了动，这个女人，毕竟和他同衾共枕，也是曾有过儿子的女人哪！他吸口气，伸出手去，想接过碗来。

但是，刹那间，他眼前又浮起假山后面的一幕，心眉伏在康勤肩上哭诉：

"康勤，你得救我……我这人早就死了，是你让我活过来的……"

他接碗的手一颤，变成用力一挥。汤碗"哐啷"一声砸得粉碎，滚热的汤汤水水，溅了心眉一手一身，烫碎了她最后的希望。

"你这个下贱的女人，给我滚！滚到我永远看不到的地方去……"

心眉夺门而逃。奔出了康秉谦的卧室，奔入回廊，奔过花园，穿过水榭，奔到后门，打开后门，奔入小树林，奔过旷野，奔过岩石区……望夫崖正耸立在黑夜里。

"眉姨！"心眉奔走的身影，惊动了凭窗而立的夏磊，"眉姨，你去哪里？"他跳起来，打开房门，拔脚就追，"眉姨！回来……眉姨……"

心眉爬上了望夫崖，站在那儿，像一具幽灵似的。

夏磊狂奔而来，抬头一看，魂飞魄散。

"眉姨！"他大喊着，疯狂般地喊着，"不可以！不可以！你等等我！我有话跟你说……康勤交代了一些话要告诉你……"夏磊一边喊，一边手脚并用地爬望夫崖。

心眉飘忽地、凄然地一笑。对着崖下，纵身一跃。

夏磊已爬上了岩，骇然地伸手一抓，狂喊着：

"眉姨……"

他抓住了心眉的裙裾一角，衣服撕开了，心眉的身子，像个断线的纸鸢般向下面飘坠而去。他手中只握住一片撕碎的衣角。

"眉姨！"夏磊惨烈地颤声大喊，倒在岩石边上，往下看，"眉……姨……"

心眉坠落于地，四肢瘫着，像个破碎的玩偶。

33 夏磊

心眉死了。

心眉的死，震碎了夏磊的神志。他分不清自己的情绪是怎样的，也无力去把自己那破碎的感觉，再拼凑整理起来。他觉得彻底地失败了，输了！从五四以来，那燃烧着他整个人生的新思潮，到此作为一个终结。死亡，把所有的爱恨情仇，全体带走了。夏磊这一生，面对过两次死亡，一次是父亲夏牧云，一次是眉姨。奇怪的是，这两人都选择了自己结束生命，都结束得如此惨烈。中国人是怎样的民族？有人"视死如归"，有人"壮烈成仁"，有人"以死明志"，有人"一死了之"。人，不是因有生命才有一切吗？放弃的时候，竟也如此这般地容易！生命本身，原来是这么脆弱，这么不堪一击的。

夏磊不能深思，不能分析，他失去所有思考的能力了。

心眉死后第三天，就草草地下葬了。秉谦卧病在床，已无力再来承担心眉的死。梦华在一夜间就成熟了，他挺身而出，坚决果断地料理了后事，所有亲戚朋友，一概没有通知，连亲如天白、天蓝，都不曾来过。心眉虽然也葬进了康家墓园，却远在祖坟外围，一块荒僻的角落里。夏磊目睹那口薄棺，在凄风苦雨中，凄凄凉凉地入了土。他想，眉姨不会在意了，她连生命都不要了，怎会在意葬在何处？入土的，不过是一具"臭皮囊"而已。可是，人的灵魂与精神力量，是也跟着生命一起消失，还是徘徊在这虚空之中呢？

梦凡悄悄地在心眉房中，立了一个灵位，燃上两支素烛。她手持香束，站在心眉灵位前，焚香祷告：

"眉姨，你安息吧！在你活着的岁月里，你没有享受到快乐幸福，终于你选择了死亡！或者，也只有死亡这个归宿，你才能得到真正的平安和宁静吧！眉姨，你的一生，欲追求自由，而自由不可得！欲追求尊严，而尊严不可得！欲追求爱情，而爱情也不可得！然而今天，你用无价的生命，换得了一切！或者，这也是你的智慧吧！因为你知道，唯有一死，你的魂魄才得以解开拘束，挣脱牢笼！也或者，此时此刻，你的魂魄正超越于尘土之上，遨游于太虚之中，笑看着世人的庸俗和愚昧呢！"

夏磊站在门边，听着梦凡那诚挚低回的声音，梦凡，她是这么冰雪聪明，这么灵巧智慧，才能说出这样一番话！他看着心眉的灵位，看着那缭绕的青烟，再看梦凡那超凡绝俗的美丽……他心中猛地抽紧，脑海里竟跳出《红楼梦》葬花词中的两句："侬今葬花人笑痴，他年葬侬知是谁？"他被这种思想震骇了。梦凡，梦凡！今天是谁杀了眉姨？这只杀眉姨的手，会不会再来杀你？

"夏磊！"梦凡拿着一束香，走过来递给他，"你也给眉姨上一束香吧！"

他一把推开了梦凡的手。

"眉姨，她什么都不要了，她还要我们的香吗？烧香，是超度死者呢，还是生者自求心安呢？我不烧！烧香也烧不掉我的自责和我的犯罪感，如果没有我鼓吹什么自由人权，眉姨，说不定仍然活得好好的！"

"夏磊，你不能这样！"梦凡急切地说，"眉姨本身就是一个悲剧，现在，死者已矣，你不要把自己再陷进这悲剧里去！你不能自责，不能有犯罪感！你一定要超脱出来！"

"我超脱不出来了！我太后悔了！我彻底地绝望了，幻灭了！"夏磊推开梦凡，急奔而去。

夏磊径直奔到天白家门口，见着天白，他就一把抓住了天白胸前的衣襟。

"天白。"他急促地说，"你要郑重回答我一个问题：从今以后，梦凡是你的事了！是不是？"

"梦凡？"天白怔了怔，眉头一皱，吸口气说，"她一直就是我的事，不是吗？"

"说得好！"夏磊放开了他，重重地一甩头，"从此以后，她的喜怒哀乐，都是你的事！她如果变云、变烟、变石头，也是你的云、你的烟、你的石头！你记住了！你记牢了！你给我负责她的安危，保障她一生风平浪静！千万不要让她成为眉姨第二！"

夏磊说完，掉头就走。天白震撼地往前一跨，心中已有所觉，他喊了一句：

"夏磊！"

"珍重！"夏磊答了两个字，人，已经飞快地消失在街道转角处了。

夏磊就此失踪，再也没有回过康家。在他的书桌上，他留下了四句话：

生死苦匆匆，无物比情浓，天涯从此去，万念已成空！

梦凡冲进了小树林，冲进旷野，爬上望夫崖，她对着四周的山峦，用尽全身的力气，狂喊：

"夏磊！你——回——来！"

她的声音，凄厉地扩散出去，山谷响应，带来绵绵不绝的回音：

"夏——磊——你——回——来——回——来——回——来……"

但是，她的呼唤，也没有用了。她再也唤不回夏磊，他就这样去了。把所有的情与爱，一起割舍，义无反顾地去了。

34 大理

一年以后。

远在云南的边陲，有个小小的城市名叫"大理"。大理在久远以前，自成国度，因地处高原，四季如春，有"妙香古国"之称。而今，大理聚居的民族，喜欢白色，穿白衣服，建筑都用白色，自称为"白子"，汉人称他们为"勒墨"人——也就是白族人。在那个时代，白族人是非常单纯、原始，而迷信的民族。

这是一个黄昏。

在大理市一幢很典型的白族建筑里，天井中围满了人。勒墨族的族长和他的妻子，正在为他们那十岁大的儿子刀娃"喊魂魄"。"喊魂魄"是白族最普遍的治病方法，主治的不是医生，而是"赛波"。"赛波"是白族话，翻为汉语，应该是"巫师"或"法师"。

这时，刀娃昏迷不醒地躺在一张木板床上，刀娃那十八岁的姐姐塞薇站在床边，族长夫妇和众亲友全围着刀娃。赛波手里高举着一只红色的公鸡，身边跟随了两排白族人，手里也都抱着红公鸡。站在一面大白墙前面，这面白墙称为"照壁"。赛波开始作法，举起大红公鸡，面向东方，他大声喊：

"东方神在不在？"

众白族人也高举公鸡，面向东方，大声应着：

"在哦！在哦！在哦！"

赛波急忙拍打手中的公鸡，鸡声"咯咯"，如在应答。跟随的白族人也忙着拍打公鸡，鸡啼声此起彼落，好不热闹。赛波再把公鸡举向西方，大声喊：

"西方神在不在？"

"在哦！在哦！在哦！"众白族人应着。

赛波又忙着拍打公鸡，跟随的人也如法炮制。然后，开始找南方神，找完南方神，就轮到北方神。等到东南西北都喊遍了，赛波走到床边，一看，刀娃昏迷如旧，一点起色都没有。他又奔回"大照壁"前面，重复再喊第二遍，声音更加雄厚。跟随的白族人大声呼应，声势非常壮观。

不管赛波多么卖力地在喊，刀娃躺在木板床上，辗转呻吟，脸色苍白而痛苦。塞薇站在床边，眼看弟弟的病势不轻，对赛波的法术，实在有些怀疑，忍不住对父母说：

"爹、娘！说是第七天可以把刀娃的魂魄喊回来，可是，今天已经是第八天了，再喊不回来，怎么办呢？"

塞薇的母亲吓坏了，哭丧着脸说：

"只有继续喊呀！刀娃这回病得严重，我想，附在他身上的鬼一定是个阴谋鬼！"

"你不要急！"族长很有信心地说，"赛波很灵的，他一定可以救回刀娃！"

"可是，喊来喊去都是这样呀！"塞薇着急地说，"刀娃好像一天比一天严重了！我们除了喊魂魄，还有没有别的办法来治他呢……或者，我们求求别的神好不好呢？"

"嘘！"一片嘘声，阻止塞薇的胡言乱语，以免得罪了神灵。赛波高举公鸡，喊得更加卖力。塞薇无可奈何，心里一急，不禁双手合十，走到大门口，面对落日的方向，虔诚祷告：

"无所不在的本主神啊，您显显灵，发发慈悲，赶紧救救刀娃吧！千万不要让刀娃死去啊！我们好爱他，不能失去他！神通广大的本主神啊！求求您快快显灵啊……"

塞薇忽然住了口，呆呆地看着前方，前面，是一条巷道，正对着西方。又圆又大的落日，在西天的苍山间缓缓沉落。巷道的尽头，此时，正有个陌生的高大的男子，骑着一匹骏马，嗒嗒嗒嗒地走近。在落日的衬托下，这个人像是从太阳中走了出来，浑身都沐浴在金色的阳光里。

塞薇眼睛一亮，定定地看着这人骑马而至。这人，正是流浪了整整一年的夏磊。去过东北老家，去过大江南北，去过黄土高原，终于来到云南的大理。夏磊风尘仆仆，已经走遍整个中国，还没有找到他可以"停驻"的地方。

夏磊策马徐行，忽然被这一片呼喊之声吸引住了。他停下马，看了看，忍不住跳下马来，在门外的树上，系住了马。他走过来，正好看到赛波拿着公鸡，按在刀娃的胸口，大声地问着：

"刀娃的魂魄回来了没有？"

众白族人齐声大喊：

"回来了！回来了！"

夏磊定睛看着刀娃，不禁吃了一惊，这孩子嘴唇发黑，四肢肿胀，看来是中了什么东西的毒，可能小命不保。这群人居然拿着红公鸡，在给孩子喊魂！使命感和愤怒同时在他胸中迸发，他一冲上前，气势逼人地大喊了一句：

"可以了！不要再喊了！太荒谬了！你们再喊下去，耽误了医治，只怕这孩子就没命了！"

赛波呆住了。众白族人也呆住了。族长夫妇抬头看着夏磊，不知道来的是何方神圣，一时间，大家都静悄悄的，被夏磊的气势震慑住了。

夏磊顾不得大家惊怔的眼光，他急急忙忙上前，弯腰去检查刀娃。一年以来，他已经充分发挥了自己对医学的常识，常常为路人开方治病。自己的行囊中，随身都带着药材药草。他把刀娃翻来覆去，仔细察看，忽然间，大发现般地抬起头来：

"在这里！在脚踝上！你们看，有个小圆点，这就是伤口！看来，是毒蝎子蜇到了！难道你们都没发现吗？这脚踝都肿了！幸好是蝎子，如果是百步蛇，早就没命了！"

族长夫妇目瞪口呆。赛波清醒过来，不禁大怒：

"你是谁？不要管我们的事！"

"赛波！"塞薇忍不住喊，"让他看看也没关系呀！真的，刀娃是被咬到了！"

"不是咬，是蜇的！"夏磊扶住刀娃的脚踝，强而有力地命令着，"快！给我找一盏油灯，一把小刀来！我的行李里面有松胶！快！谁去把我的行李拿来！在马背上面！快！我们要分秒必争！"

"是！"塞薇清脆地应着，转身就奔去拿行李。

夏磊七手八脚，从行李中翻出了药材。

"病到这个地步，只怕松胶薰不出体内的余毒，这里是金银花和甘草，赶快去煎来给他内服！快！"

族长的妻子，像接圣旨般，迅速地接过了药材。族长赶快去找油灯和刀子。赛波抱着红公鸡发愣，众白族人也拎着公鸡，不知如何是好。但是，人人都感应到了夏磊身上那不平凡的"力量"，大家震慑着、期待着。夏磊一把抱起了刀娃。

"我们去房间里治病，在这天井里，风吹日晒，岂不是没病也弄出病来？"

那一夜，夏磊守着刀娃，又灌药，又薰伤口，整整弄了一夜。天快亮的时候，夏磊看伤口肿胀未消，只得用灯火烧烤了小刀，在伤口上重重一划，用嘴迅速吸去污血。刀娃这样一痛，整个人都弹了起来，大叫着：

"痛死我了！哎哟，痛死我了！"

满屋子的人面面相觑，接着，就喜悦地彼此拍打，又吼又叫又笑又跳地嚷：

"活过来了！活过来了！会说话了！"

是的，刀娃活过来了。睁开黑白分明的大眼睛，他看着室内众人，奇怪地问：

"爹，娘，你们大家围绕着我干什么？这个人是谁？为什么对着我的脚又吸气又吹气？"

夏磊笑了。

　　"小家伙！你活了！"他快乐地说，真好！能把一条生命从死亡的手里夺回来，真好！他冲着刀娃直笑，"吸气，是去你的毒，吹气，是为你止痛！"

　　"啊哈！"族长大声狂叫，一路喊了出去，"刀娃活了！刀娃活了！"

　　塞薇眩惑地看着夏磊，走上前去，她崇拜地仰着头，十分尊敬地说：

　　"我看到你从太阳里走出来！我知道了！你就是本主神！那时我正在求本主神显灵，你就这样出现了！谢谢你！本主神！"

　　塞薇虔诚地跪伏于地。

　　塞薇身后，一大群的白族人全高喊着，纷纷拜伏于地。

　　"原来是本主神！"

　　夏磊大惊失色，手忙脚乱地去拉塞薇。

　　"喂喂！我不是本主神！我是个汉人，我叫夏磊！不许叫我本主神！什么是本主神，我都弄不清楚！"

　　但是，一路的白族人，都兴奋地嚷到街上去了：

　　"本主神显灵了！本主神救活了刀娃！本主神来了！他从太阳里走出来了……"

　　夏磊追到门口，张着嘴要解释，但是，围在外面的众白族人，包括赛波在内，都抱着公鸡跪倒于地。

　　"谢谢本主神！"大家众口一词地吼着。

　　夏磊愕然呆住，完全不知所措了。

　　刀娃第二天就神清气爽，精神百倍了。族长一家太高兴了，为表示他们的欢欣，塞薇带着一群白族少女，向夏磊高歌欢舞着"板凳舞"，接着又把夏磊拖入天井，众白族人围绕着他大唱"迎客调"。夏磊走遍了整个中国，从来没有遇到一个民族，像白族人这样浪漫、热情，会用歌舞来表达他们所有的感情，既不保留，也不做作。他们的舞蹈极有韵律，带着原始的奔放，他们的乐器是唢呐、号角和羊皮鼓。

板凳舞是一手拿竹竿，一手拿着小板凳，用竹竿敲击着板凳，越敲越响，越舞越热，唢呐声响亮地配合着，悠扬动听。歌词是这样的：

一盏明灯挂高台，

凤凰飞去又飞来，

凤凰飞去多连累，

桂花好看路远来！

一根板凳四条边，

双手抬到火龙边，

有心有意坐板凳，

无心无意蹲火边！

客人来自山那边，

主人忙忙抬板凳，

有心有意坐板凳呀，

无心无意蹲火边！

　　唱到后面，大家就把夏磊团团围住，天井中起了一个火堆，所有敲碎了的竹片都丢进了火堆里去烧，熊熊的火映着一张张欢笑的脸。夏磊被簇拥着，按进板凳里，表示客人愿意留下来了。众白族人欢声雷动，羊皮鼓就"咚咚，咚咚，咚咚咚……"地敲击起来了。随着鼓声一起，号角唢呐齐鸣，一群白族青年跃进场中，用雄浑的男音，和少女们有唱有答地歌舞起来：

　　　　大河涨水小河浑，
　　　　不知小河有多深？
　　　　丢个石头试深浅，
　　　　唱首山歌试郎心！
　　　　高崖脚下桂花开，
　　　　山对山来崖对崖，
　　　　妹是桂花香千里，
　　　　郎是蜜蜂万里来！

　　鼓乐之声越来越热烈，舞蹈者的动作也越来越快，歌声更是响彻了云霄：

　　　　草地相连水相交，依嗨哟！
　　　　今晚相逢非陌生，依呀个依嗨哟！
　　　　郎是细雨从天降，依哟！
　　　　妹是清风就地生噢，依嗨哟！

结交要学长流水，侬呀个侬嗨哟！

莫学露珠一早晨，

你我如同板栗树，侬哟！

风吹雨打不动根噢，侬嗨哟！

　　鼓声狂敲，白族人欢舞不停，场面如此热烈，如此壮观。夏磊迷惑了。觉得自己整个被这音乐和舞蹈给"鼓舞"了起来，这才明白"鼓舞"二字的意义。他目不暇给地看着那些白族人，感染了这一片腾欢。他笑了。好像从什么魔咒中被释放了，他回到自然，回到原始……身不由己地，他加入了那些白族青年，舞着、跳着，整个人奔放起来，融于歌舞，他似乎在一刹那间，找寻到了那个迷失的真我。他跟着大家唱起来了：

侬嗨哟嗨侬侬嗨哟！

你我如同那板栗树，侬哟，

风吹雨打不动根噢，侬嗨哟……

³⁵ 塞薇

夏磊就这样在大理住下来了。

塞薇用无限的喜悦，无尽的崇拜，跟随着夏磊，不厌其烦地向夏磊解释白族人的习惯、风俗、迷信、建筑……并且不厌其烦地教夏磊唱"调子"。因为，白族人的母语是歌，而不是语言。他们无时无地不歌，收获要歌，节庆要歌，交朋友要歌，恋爱要歌……他们把这些歌称为"调子"，不同的场合唱不同的调子，他们的孩子从童年起，父母就教他们唱调子。整个白族，有一千多种不同的调子。塞薇笑嘻嘻地告诉夏磊：

"我们白族人有一句俗语说：'一日不唱西山调，生活显得没味道！'"

"要命！"夏磊惊叹着，"你们连俗语都是押韵的！我从没有碰到过如此诗意，又如此原始的民族！你们活得那么单纯，却那么快乐！以歌交谈，以舞相聚，简直太浪漫了！要命！我太喜欢这个民族了！我太喜欢这个地方了！"

"你是我们的本主神，当然会喜欢我们的！"

夏磊脸色一正。

"我已经跟你说了几千几万次了，我不是本主神！"

"没关系，没关系！"塞薇仍然一脸的笑，"我们所崇拜的本主神，本来就没有固定的形象，而且是'人神合一'的！你说你不是本主神，我们还是会把你当成本主神来崇拜的！"

他瞪着塞薇，简直拿她没办法。

塞薇今年刚满十八岁，是大理出名的小美女，是许多小伙子追求的对象。她眉目分明，五官秀丽，身材圆润，举止轻盈。再加上，她有极好的歌喉，每次唱调子，都唱得人心悦诚服。她是热情的，单纯的，快乐的……完全没有人工雕琢的痕迹。她没念过什么书，对"字"几乎不认识，却能随机应变地押韵唱歌。她是聪明的，机智的，原始的，而且是浪漫的。夏磊常常会情不自禁地拿她和梦凡相比较……梦凡轻灵飘逸，像一片洁白无瑕的白云，塞薇却原始自然，像一朵盛放的芙蓉。梦凡，梦凡。夏磊心中，仍然念念不忘这个名字。梦凡现在已经嫁给天白了吧！说不定已经有孩子了吧！再过几年，就会"绿叶成荫子满枝"了！该把她忘了，忘了。他甩甩头，定睛看塞薇，塞薇绽放着一脸的笑，灿烂如阳光。

和塞薇在一起的日子里，刀娃总是如影随形般地跟着他们。这个十岁大的孩子，带着与生俱来的野性与活力，不论打渔时，不论打猎时，总是快快乐乐地唱着歌。对夏磊，他不只是崇拜和佩服，他几乎是"迷恋"他。

洱海，是大理最大的生活资源，也是最迷人的湖泊。苍山十九峰像十九个壮汉，把温柔如处子的洱海揽在臂弯里。夏磊来大理没多久，就迷上了洱海。和塞薇、刀娃，他们三个常常划着一条小船，去洱海捕鱼。洱海中渔产丰富，每次撒网，都会大有收获。这天，刀娃和塞薇，一面捕鱼，一面唱着歌，夏磊一面划船，一面听着歌，真觉得如在天上。

"什么鱼是春天的鱼？"塞薇唱。

"白弓鱼是春天的鱼！"刀娃和。

"什么鱼是夏天的鱼？"塞薇唱。

"金鲤鱼是夏天的鱼！"刀娃和。

"什么鱼是秋天的鱼？"塞薇唱。

"小油鱼是秋天的鱼！"刀娃和。

"什么鱼是冬天的鱼？"塞薇唱。

"石鲈鱼是冬天的鱼！"刀娃和。

"什么鱼是水里的鱼？"塞薇转头看夏磊，用手指着他，要他回答。

"比目鱼……是水里的鱼！"夏磊半生不熟地和着。

"什么鱼是岸上的鱼？"塞薇唱。

"娃娃鱼是岸上的鱼！"夏磊和。

刀娃太快乐了，摇头晃脑地看着塞薇和夏磊，嘴里哼着，帮他们配乐打拍子。

"什么鱼是石头上的鱼？"

"大鳄鱼是石头上的鱼！"

"什么鱼是石缝里的鱼？"

"三线鸡是石缝里的鱼！"

"哇哇！"刀娃大叫，"三线鸡不是鱼！你错了！你要受罚！"

"是呀！"塞薇也笑，"从没听过有鱼叫三线鸡！"

"不骗你们！"夏磊笑着说，"三线鸡是一种珊瑚礁鱼，生长在大海里，不在洱海里，是盐水鱼，身上有三条银线！"他看到塞薇和刀娃都一脸的不信任，就笑得更深了，"我在大学里读植物系，动物科也是必修的！不会骗你们的啦！"

"植物系？"刀娃挑着眉毛看塞薇，"植物系是什么东西？"

"是……很有学问就对了！"塞薇笑着答。

"来来来！"刀娃起哄地说，"不要唱鱼了，唱花吧！"

于是，塞薇又接着唱了下去：

"什么花是春天的花？"

"曼陀罗是春天的花！"夏磊接得顺口极了。

"什么花是夏天的花？"塞薇唱。

"六月雪是夏天的花！"夏磊和。

"什么花是秋天的花？"塞薇唱。

夏磊一时想不起来了，刀娃拼命鼓掌催促，夏磊想了想，冲口而出：

"爬墙虎是秋天的花！"

刀娃和塞薇相对注视，刀娃惊讶地说：

"爬墙虎？"接着，姐弟二人同时嚷出声，"植物系的，错不了！"就相视大笑。

夏磊也大笑了。塞薇故意改词，要刁难夏磊了：

"什么花是'四季'的花？"

夏磊眼珠一转，不慌不忙地接口：

"塞薇花是四季的花！"

塞薇一怔，盯着夏磊看，脸红了。刀娃看看塞薇，又看看夏磊，不知道为什么，乐得合不了嘴。小船在一唱一和中，缓缓地靠了岸，刀娃一溜烟就上岸去了。把整个静悄悄的碧野平湖，青山绿水，全留给了塞薇和夏磊。

塞薇目不转睛地凝视着夏磊，夏磊对这样的眼光十分熟悉，他心中蓦地抽痛，痛得眉头紧锁，他掉头去看远处的云天，云天深处，有另一个女孩的脸，他低头去看洱海的水，水中也有相同的脸。欢乐一下子就离他远去，他低喃地脱口轻呼：

"梦凡！"

塞薇的笑容隐去，她困惑地注视着夏磊，因夏磊的忧郁而忧郁了。

36 梦凡

这年的夏天，梦华和天蓝结婚了。

婚礼盛大而隆重，整整热闹了好几天。康家车水马龙，贺客盈门，家中摆了流水席，又请来最好的京戏班子，连唱了好多天的戏。康秉谦自从心眉死了，夏磊走了，就郁郁寡欢，直到梦华的婚礼，这才重新展开了欢颜。

喜气是有传染性的，这一阵子，连银妞、翠妞、胡嬷嬷都高高兴兴，人人见面，都互道恭喜。但是，梦凡的笑容却越来越少，冠盖满京华，斯人独憔悴。她和天白的婚期，仍然迟迟未定。

天白已经留在学校，当了助教。梦华和天蓝结婚后，他到康家来的次数更多了，见到梦凡，他总是用最好的态度，最大的涵养，很温柔地问一句：

"梦凡，你还要我等多久呢？"

梦凡低头不语，心中辗转呼唤：夏磊，夏磊，你在何方？一去经年，杳无音讯。夏磊，夏磊，你太无情！

"你知道吗？"天白深深地注视着她，"夏磊说不定已经结婚生子了！"

她震动地微颤了一下，依旧低头不语。

"好吧！"天白忍耐地，长长地叹了口气，"我说过，我会等你，哪怕你要我等你十年、二十年、一百年……我都会等你！我不催你，但是，请你偶尔也为我想想，好吗？我今年已经二十三岁了！你是不是预备让我们的青春，就浪费在等待上面呢？"

"天白，你……你不要在我身上……"她想说，"继续浪费下去了！"但她却说不出口。天白很快地做了个阻止的手势：

"算了算了！别说！我收回刚刚那些话。梦凡！"他又叹了口长气，"当你准备好了，要做我的新娘的时候，请通知我！"

梦凡始终没有通知他，转眼间，秋天来了。

这天，一封来自云南的信，翻山越岭，终于落到了天白手中。天白接信，欢喜欲狂。飞奔到康家，叫出梦凡、梦华、天蓝、康秉谦……大家的头挤在一块，抢着看，抢着读，每个人都热泪盈眶，激动莫名。

这封信是这样写的：

亲爱的天白和梦凡：

　　我想，在我终于提笔写信的这一刻，你们大概早已成亲，说不定已经有了小天白或小梦凡了！算算日子，别后至今，已经一年八个月零三天了！瞧，我真是一日又一日计算着的！

　　自从别后，我没有一天忘记过你们，没有一天不在心里对你们祝福千遍万遍，只是我的行踪无定，始终过着漂泊的日子，所以，也无法定下心来，写信报平安。我离开北京后，先回到东北，看过颓圮倾斜的小木屋，祭过荒烟蔓草的祖坟，也一步步踩过童年的足迹，心中的感触，真非笔墨所能形容，接着，我漂流过大江南北，穿越过无数的大城小镇，终于，终于，我在遥远的云南，一个历史悠久、民风淳朴的小古城——大理，停驻了我的脚步。

大理，就是唐朝的南诏国，也是"勒墨"族的族人聚居之处，"勒墨"是汉人给他们的名称，事实上，他们自称为"白族"。白族和大理，是一切自然之美的总和！有原始的纯真，有古典的浪漫，我几乎是一到这儿，就为它深深地悸动了！我终于找到了失去的自我，也重新找回生活的目标和生存的价值！天白和梦凡，请你们为我放心，请转告干爹，我那么感激他，给了我教育，让我变成一个有用之人，来为其他的人奉献！我真的感激不尽，回忆我这一生，从东北到北京，由北京到云南，这条路走得实在稀奇——我不能不相信，冥冥中自有神灵的安排！

目前，我寄居于族长家中，以我多年所学的医理药材和知识，为白族人治病解纷，也经常和他们的"赛波"（汉人称他为"巫师"）辩论斗法，闲暇时，捕鱼打猎，秋收冬藏。这种生活，似乎回到了我十岁以前，只是，童年的我隐居于荒野，难免孤独。现在的我，生活在人群之中，却难免寂寞！是的，寂寞皆因思念而起！思念在北京的每一个亲人，思念你们！

曾经午夜梦回，狂呼着你们的名字醒来，对着一盏孤灯，久久不能自已。也曾经在酒醉以后，满山遍野，去搜寻你们的身影，徒然让一野的山风，嘲笑自己的癫狂。总之，想你们，

非常非常想你们！这种思念，不知何时能了？想我等这样"有
缘"，当也不是"无分"之人！有生之年，盼有再见之日！天
白、梦凡，千祈珍重！并愿干爹干娘身体健康，梦华、天蓝万
事如意！

　　　　　　　　夏磊敬书，一九二一年七月于云南大理

　　梦凡看完了信，一转身，她奔出了大厅，奔向回廊，奔进后院，
奔出后门，她直奔向树林和旷野。满屋子的人怔着，只有天白，他
匆匆丢下一句：

　　"我找她去！"

　　就跟着奔了出去。

　　梦凡穿过树林，穿过旷野，毫不迟疑地奔向望夫崖。到了崖下，
她循着旧时足迹，一直爬到了崖顶，站在那儿，她迎风而立，举目
远眺。远山远树，平畴绿野，天地之大，像是无边无际。

　　她对着那视线的尽头，伸展着手臂，仰首高呼：

　　"夏磊！我终于知道你在何方了！大理在天边也好，在地角也
好，夏——磊！我来了！"

　　随后追上来的天白，带着无比的震撼，听着梦凡发自肺腑的呼
叫。他怔着，被这样强烈而不移的爱情震慑住了。他一动也不动地
看着梦凡。

　　梦凡一转身，发现了天白。她的眸子闪亮，面颊嫣红，嘴唇湿
润，语气铿锵，所有的生命力、青春、希望……全如同一股生命之
泉，随着夏磊的来信，注入了她的体内。她冲上前，抓住天白，激

动、坚决，而热烈地说：

"天白，我只有辜负你了！我要去找夏磊！你瞧！"她用力拍拍身后的石崖，"这是'望夫崖'！古时候的女人，只能被动地等待，所以把自己变成了石头！现在，时代已经不同了！我不要当一块巨石，我要找他去！我要追他去！"

天白定定地看着梦凡，他看到的，是比望夫崖传说中那个女人，更加坚定不移的意志。忽然间，他觉得那块崖石很渺小，而梦凡，却变得无比无比地高大。

"这是一条漫长的路。"他沉稳地，不疾不徐地说，"总该有人陪你走这一趟！当年，夏磊把你交给了我。如今，不把你亲自送到夏磊身边，我是无法安心的！也罢……"他下定决心地说，"我们就去一趟大理！"

梦凡眼中，闪耀着比阳光更加灿烂的光芒，这光芒如此璀璨，使她整个脸庞，都绽放着无比的美丽。

这美丽——天白终于明白了这美丽是属于夏磊的。

37 望夫云

　　这年冬天，夏磊来到大理，已经整整一年了。他有了自己的小屋，自己的小院，自己的照壁，自己的渔船，自己的猎具……他几乎完全变成一个白族人了。

　　他和白族人变得密不可分了。当他建造自己的小屋时，塞薇全家和白族人都参加了工作行列，大家帮他和泥砌砖，雕刻门楼。当他造自己的小船时，全白族人帮他伐木造船，还为他的船行了下水典礼。塞薇为他织了渔网，刀娃送来全套的钓具。赛波为表示对他的拜服，送来弓箭猎具，欢迎这位"本主神"长驻于此。关于"本主神"这个称呼，他和白族人间已经有理说不清，越说越糊涂。尤其，当他有一次，力克白族人的迷信，救下了一对初生的双胞胎婴儿——白族认为生双胞胎是得罪了天神，必须把两个孩子全部处死，否则会天降大难，全村都会遭殃。夏磊用自己的生命力保婴儿无害，大家因为他是本主神而将信将疑。孩子留了下来，几个月过去，小孩活泼健康，全村融融乐乐，风调雨顺。婴儿的父母对夏磊感激涕零，在家里竖上他的"本主神神位"，早晚膜拜，赛波心服口服，一心一意想和"本主神"学法术。这"本主神"的"法力"，更是一传十，十传百，远近闻名。

　　夏磊知道，要破除白族的迷信，不是一朝一夕的事，他不急，有的是时间。他开始教白族人认字，开始灌输他们医学的知识，开始把自己读植物系所学的科学方法，用在畜牧和种植上。收获十分缓慢，但是，却看得出成效。白族人对他，更加喜爱和敬佩了。他们最怕的事，是"本主神"有朝一日，会弃他们而去。最关心的事，是"本主神"一直没有一位"本主神娘娘"。白族的姑娘都能歌善舞，善于表现自己。也常常把"绣荷包"偷偷送给夏磊，只是，这位本主神不知怎的，就是不解风情。塞薇长侍于夏磊左右，似乎也无法占据他的心灵。

　　然后有这么一天，他们在洱海捕鱼，忽然间，天上风卷云涌，出现了一片低压的云层，把阳光都遮住了。塞薇抬头看着，清清楚楚地说：

　　"你瞧！那是望夫云！"

　　"你说什么？你说什么？"夏磊太震动了，从船上站了起来，瞪视着塞薇，"你再说一遍！"

　　"望夫云啊！"塞薇大惑不解地看夏磊，不明白他何以如此激动，她伸手指指天空，"这种云，就是我们大理最著名的'望夫云'啊！"

　　"望夫云？"夏磊惊怔无比，"为什么叫望夫云？"

　　"那片云，是一个女人变的！"塞薇睁着黑白分明的大眼睛，不慌不忙地解释，"每当望夫云出现的时候，就要刮大风了。风会把洱海的水吹开，露出里面的石骡子！因为，那个石骡子，是女人的丈夫！"

　　夏磊呆呆看着塞薇，神思飘忽。

"这故事发生在一千多年以前，那个女人，是南诏王的公主。"塞薇继续说，"公主自幼配给一个将军。可是，她却爱上了苍山十九峰里的一个猎人，不顾家里的反对，和猎人结为夫妻，住在山洞里面。南诏王气极了，就请来法师作法，把猎人打落到洱海里面，变成一块石头，我们称它为石骡子！猎人变成石头，公主忧伤成疾，就死在山洞里，死后，化为一朵云彩，冲到洱海顶上，引起狂风，吹开洱海，直到看见石骡子为止！这就是我们家喻户晓的'望夫云'！"

夏磊不可置信地抬头看天，再看洱海，又抬头看天，太激动了，情不自禁，大跨步在船中迈起步来：

"我以为我已经从望夫崖逃出来了！怎么还会有望夫云呢！怎么会呢……"

"喂喂！"塞薇大叫，"你不要乱动呀，船要翻了！真的，船要翻了……"

说时迟，那时快，船真的翻了。夏磊和塞薇双双落水，连船上拴着的一串鱼，也跟着回归洱海。幸好塞薇熟知水性，把夏磊连拖带拉，弄上岸来，两人湿淋淋地滴着水，冷得牙齿和牙齿打战。塞薇瞪着夏磊的狼狈相，突然忍不住大笑起来：

"原来，本主神不会游泳啊！我以为，神是什么事都会做的！"

"我跟你说了几百次了，我不是……"

"本主神！"塞薇慌忙接口说。说完，就轻快地跳开，去收集树枝，来生火取暖。

片刻以后，他们已经在一个岩洞前面，生起了火，两人分别脱下湿衣服，在火上烤干。还好岩洞里巨石嵯峨，塞薇先隐在石后，等夏磊为她烤干了内衣，她再为夏磊烤。那是冬天，衣服不易干，烤了半天，才把内衣烤到半干。也来不及避嫌了，两人穿着半湿的、轻薄的内衣，再烤着外衣。一面烤衣服，夏磊第一次告诉了塞薇，有关望夫崖和梦凡的故事。塞薇用心地听，眼眶里盛满了泪。

"现在，我才知道，梦凡两个字的意思！"她感动得声音哽咽，突然间，热情迸发，她伸出手去，紧紧握住了夏磊的手，热烈地说，"你的望夫崖，远远在北方，你现在在南方了，离那边好远好远，是不是？不要再去想了，不要再伤心了……我……我唱调子给你听吧！"于是，她清脆婉转地唱了起来：

> 大路就一条，
> 小路也一条，
> 大路小路随你挑，
> 大路走到城门口，
> 小路弯弯曲曲过小桥。
> 过小桥，到山腰，
> 大路小路并一条，
> 走来走去都一样啊，
> 金花倚门绣荷包。
> 绣荷包，挂郎腰，
> 荷包密密缝，
> 线儿密密绕，

绕住郎心不许逃……

调子唱了一半，刀娃沿着岸边，一路寻了过来，看见两人此等模样，不禁大惊：

"你们起火干什么？烤鱼吃吗？"

"鱼？"夏磊这才想起来，回头一看，"糟糕，鱼都掉到水里去了！"

"鱼都掉到水里去了？"刀娃看看塞薇，又看夏磊，"你们两个，也掉到水里去了吗？"

"哦，哦，嗯……"夏磊猛然惊觉，自己和塞薇都衣衫不整，想解释，"是这样的，我们在船上聊天，我一个激动，就站起身来……船不知道怎么搞的，就翻掉了……"

不解释还好，一解释就更暧昧了。刀娃没听完，就满脸都堆上了笑，他手舞足蹈，在草地上又跳又叫：

"好哇！好哇！你们都掉进水里，然后就坐在这里烤衣服，唱调子，好哇！好哇！你们继续烤衣服唱调子，我回家去了……"

刀娃一边嚷着，一边飞也似的跑走了。

"刀娃！刀娃！"夏磊急喊，刀娃却早已无影无踪。他无奈地回过头来，看到的是塞薇被火光燃得闪亮的眼睛，和那嫣红如醉的面庞。

这天晚上，塞薇的父母拎着一块纯白的羊皮，来到夏磊的小屋里。两位老人家笑得合不拢嘴：

"这是塞薇陪嫁的白羊皮，我们给她挑选了好多年了。是从几千只白羊里选出来的！你瞧，一根杂毛都没有！"塞薇的父亲说。

"那些'八大碗'的聘礼都免了！你从外地来，我们不讲究这些了！所有礼节跟规矩，我们女家一手包办！"塞薇的母亲说，"'雕梅'早就泡好了，至于'登机'，就是新娘的帽子，也都做了好些年了！"

"婚礼就定在一月三日好了，好日子！这附近八村九寨的人都会到齐，我们要给你们两个办一个最盛大的白族婚礼！大家唱歌，跳舞，喝酒，狂欢上三天三夜！"塞薇的父亲说。

"你什么都不要管，就等着做新郎吧！你全身上下要穿要戴的，都由我们来做，我保证你，你们会是一对最漂亮的白族新郎和新娘！"塞薇的母亲说。

夏磊被动地站着，眼睛睁得大大的。这是天意吗？自己必须远迢迢来到大理，才找到自己的定位？以前在冠盖云集的北京，只觉自己空有一腔热血，如今来到这世外桃源的大理，才发现"活着"的意义——能为一小撮人奉献，好过在一大群人中迷失一人生，原来是这样的。他想起若干年前，对康秉谦说过的话：

"说不定我碰到一个农妇村姑，也就幸幸福福过一生了！"

他注视那两位兴冲冲的老人，伸手缓缓地接过了白羊皮。羊皮上的温暖，使他蓦地想起久远以前，有只玩具小熊的温暖，那只小熊，名叫奴奴。他心口紧抽了一下，不！过去了！久远以前的事，都过去了！他把白羊皮，下意识地紧抱在胸前。

³⁸ 大理

距离夏磊和塞薇的婚礼，只有三天了，整个大理城，都笼罩在一片喜悦里。这门婚事，不是夏磊和塞薇两个人的事，是白族家家户户的事。婚礼订在三塔前的广场上举行，老早老早，大家就忙不迭地在广场上张灯结彩，挂上成串的灯笼和鞭炮，又准备了许多大火炬，以便彻夜腾欢。小伙子们和姑娘们，自组了乐队和舞蹈团，在广场上吹吹打打地练习，歌声缭绕，几里路之外都听得到。

就在这片喜悦的气氛中，一辆马车缓缓驶进了大理城。车上，是风尘仆仆、已经走了两个多月的一行人：天白，梦凡，康忠和银妞。终于，终于，梦凡有志者，事竟成，在天白的陪同下，在康忠和银妞的保护下，登山涉水，路远迢迢地追寻夏磊而来！车子驶进大理，天白和梦凡左右张望，整齐的街道，两边有一栋栋白色的建筑，每栋建筑，都有个彩绘雕花的门楼，和参差有致的白色围墙，墙头上，伸出了枝丫，开着红色的山茶花，几乎家家户户，都有茶花，真是美丽极了。街上，一点也不冷清，熙来攘往的人群，穿着传统的白族服装，人人脸上绽着笑容，彼此打着招呼。

"哎，这儿，和我想象中完全不一样！"天白看了梦凡一眼，"我以为是个荒凉的小村落呢，哪知道，是个古典雅致，别有风味的小城嘛！"

"白族和大理，是一切自然之美的总和！"梦凡眼里闪着光彩，心脏因期待而跳得迅速，脸颊因激动而显得嫣红。她背诵着夏磊信中的句子，那些字字句句，她早就能倒背如流了："有原始的纯真，有古典的浪漫！就是这儿了！就是这样的地方，才能留住夏磊！"

天白深深看了梦凡一眼。

"我下车去问一问，看有没有人知道夏磊的地址！"

天白跳下车去，拦住了一位白族老人。

"请问这位先生，有一个名叫夏磊的汉人，不知道您认不认识？他住在什么地方？"

老人一惊，笑容立刻从眼角唇边，漾了开来。

"你说本主神啊！认识！当然认识啊！他住在街的那一头！"老人打量他。

"我是说夏磊啊！"天白困惑地，"不是什么神！"

"夏磊？"一个年轻小伙子凑了过来，"找本主神啊！你是本主神的亲戚吗？"

"我带你去！"一个白族少女欢天喜地地说，"你一定是赶来参加婚礼的，是不是？"

天白心头大震，婚礼！本主神！他忽然觉得，大事不妙。抬头看看马车，他匆匆摆脱了街上的路人，三步两步走回车边，跳上车子，他对满脸期待的梦凡说：

"夏磊竟然变成神了，这太不可思议了。我想，我们先找家客栈，歇下腿来。银妞、康忠，你们陪着小姐，我去把夏磊找到了再说！”

"他……他确定在大理吗？"梦凡急急地问，"他没有离开这儿，又去了别的地方吗？"

"他确定在大理……"天白犹疑了一刻说，"只是情况不明，需要了解一下！"

梦凡看了天白一眼，微有所觉，不禁有所畏惧地沉默了。脸上的嫣红立刻就褪色了。

他们很快就找到了一家"四海客栈"，天白安顿了梦凡，又命康忠和银妞侍候着，他匆匆就奔出客栈，去找寻那个已变成"本主神"的夏磊！

夏磊正站在族长的天井里，在众亲友包围下，试穿他那一身的白族传统服装。塞薇也在试她的新娘装，白上衣，白裙子，袖口，大襟和下摆上，绣满了一层又一层艳丽的花朵。那顶名叫"登机"的帽子，是用金线和银线绣出来的，上面缀满了银珠，还垂着长长的银色流苏，真是美丽极了。夏磊看着盛装的塞薇，不能不承认，她实在是充满了异族情调，而又"艳光四射"的！

天井中热闹极了，穿梭不断的白族人，叫着，笑着，闹着，向族长夫妇道贺着，一群白族小孩，在大人腿下，奔来绕去。而刀娃，竟在墙角生了个炉子，烤起辣椒来了。这一烤辣椒，夏磊连打了好几个喷嚏，接着，塞薇也开始打喷嚏，满天井中，老老少少，接二连三，打起喷嚏来。夏磊又是眼泪又是鼻涕地喊：

"刀娃！你烤辣椒做什么呀！哈……哈……哈啾！"

"我烤'气'椒！祝你们两个永远'气气蜜蜜'！"刀娃自己，

也是"哈啾"不停，笑着说。原来，白族人把"辣"念为"气"，把"亲"也念为"气"。烤"气椒"，是取谐音的"亲亲爱爱"，讨个吉祥。

"哈啾！"族长嚷着，"刀娃！洞房花烛夜才烤气椒，你现在烤什么？"

"洞房的时候，我再烤就是了！"刀娃笑嘻嘻地答，"我已经等不及了，管不了那么多……"话没说完，他就"哈啾！哈啾！"连打了两个好大的喷嚏。

全天井的人，又是叫，又是笑，又是说，又是"哈啾"，真是热闹极了。塞薇早已"哈啾"不已，笑得花枝乱颤，帽子上垂下的流苏，也跟着前摇后晃，煞是好看。

就在这一片喜气中，天白跟着一位带路的白族少女，出现在敞开的大门前。

"夏磊！"天白惊呼，目瞪口呆地看着全身白衣白裤，腰上系着红带子的夏磊。夏磊猛一抬头，看到满面风霜的天白。他不能相信这个！这是不可能的！他往前跨了一步，睁大了眼睛，再看天白。眼睛花了，一定的！他甩甩头，再看天白。

"天白？"他疑惑地，"楚天白？"

"是啊！"天白激动地大吼出声，"我是楚天白！从北京马不停蹄地赶来找你了！但是，你是谁呢？你这身服装又代表什么？你还是当年的夏磊吗？"

夏磊震动地瞪视着天白，忽然有了真实感。

"你真的来了？你怎么来了？"他大大地吸口气，顿时情绪澎湃，

不能自已，"你怎么不在北京守着梦凡，跑到大理来找我干什么？难
道……"他战栗了一下，"是干爹……怎样了，还是干娘……"

"不不！他们没事！他们都很好！"天白急忙应着，"北京的每个
人都好，梦华和天蓝都快有小宝宝了！全家都高兴得不得了……"

"那！"夏磊直视天白，喘着气问，"你……你……你呢？"

"我……我……我怎的？"

"你……你……你有小宝宝了吗？"

天白四面一看，众白族人已经围了过来，好奇地看天白，又好
奇地看夏磊，一张张面孔上，都浮现着"欲知真相"的表情，而那
个戴着顶光灿灿的大帽子——美若天仙般的白族姑娘——已经走过
来，默默地瞅着他出神了。

"我们一定要在这种情况下来'话旧'，和细述'别后种种'吗？"
天白问。

夏磊回过神来，回头看了众白族人一眼。

"对不起！"他大叫着说，"这是我的兄弟楚天白，他从我的老家
北京赶来找我了！对不起，我要和他单独谈一谈！"说完，他抓着天
白的手腕，就急奔出天井，"我们走！"

终于，天白和夏磊，置身在洱海边的小树林里了。

"快告诉我！"夏磊摇撼着天白，"你怎么会来找我？你为什么会
来找我？"

"你先告诉我！"天白双手握拳，激烈地吼，"你这身白族服装代
表什么？你刚刚在天井里做什么？那个盛装的白族少女是怎么回事？
你说！快说！"

"那是塞薇！我和她……三天之后要行婚礼了！"

天白整个人怔住，半晌，都动也不能动，话也不能说，气也喘不过来。

"天白。"夏磊的脸色变了，"两年了！你和梦凡，是什么时候完婚的？"

天白浑身震颤，握起了拳，他一拳挥在夏磊肚子上。夏磊腰一弯，他又用膝盖一顶，顶在夏磊的下巴上。

"我打你这个本主神！我打你这个莫名其妙的白族人！"他扑上去，抓起夏磊胸前的衣服，"梦凡！你心里还有梦凡这个名字吗？你已经有了白族新娘，你还在乎整天站在望夫崖上的康梦凡吗？"

"梦凡为什么还站在望夫崖上？"夏磊大惊失色，嘶哑地吼着，"你怎么允许她站在望夫崖上？她的喜怒哀乐，都是你的事了！你怎么不管她？"

"如果我管得了她，我还会来找你吗？你已经变成梦凡所有的痛苦，所有的希望，所有的等待，所有的一切的一切！我斗不过她心中那个你！我毁不掉她心中那个你！所以，直到如今，我没有和她完婚！直到如今，她还站在那个见鬼的望夫崖上，等你回去娶她！"

夏磊大大地震动了，挣脱了天白的手，他连连后退了好几步，面色惨然地瞪视着天白。

"你这些话是什么意思？"

"我在告诉你一件事实！我不和你抢了，不和你争了！我终于认清楚了，每个人有属于自己的梦！我已下定决心，要成全你和她！你干爹干娘也点头了！所以，我来找你。为的是，请你回北京去！

回北京去面对梦凡！”

“干爹干娘点头了？”他怔怔地说，“回北京去？”

“是的！”天白用力喊着，“你说，你是要大理的塞薇，还是北京的梦凡？你给我一句话！如果你要塞薇，我二话不说，掉头就走！如果你要梦凡，你也二话不说，掉头就跟我走！”

夏磊纷乱地迎视着天白的眼光，心神全乱了。

“不不！”他挣扎地说，“我当初千方百计地要她，是你不许我要她！等我已定下心来，另辟新局，你又要我回到那是非之地去？”他痛定思痛，瞻前顾后，“不不！我好不容易解脱了！你不可以再诱惑我，再煽动我！大理，已经是我的家，是我心灵休憩的所在……我不能再丢下这个摊子，丢下塞薇，做第二次的逃兵！我不能！”

“这么说……”天白绝望地说，“你要定塞薇了？你变了心？你再也不回头了？好好，算我白跑了这一趟！好好，算我认清了你！”

天白甩开夏磊，转身就走。

夏磊回过神来，不禁急呼：

“天白！天白！”

天白冲出了树林，头也不回地绝尘而去。

³⁹ 梦凡

梦凡站在洱海客栈的门口，已经引颈盼望了许久。无论银妞、康忠怎样苦劝她回房休息，她就是不肯。站在那客栈外的广场上，她焦灼地、紧张地站立着，望眼欲穿。

天白激动地奔来了。梦凡整个人像绷紧的弦，她注视天白，颤声问：

"你找到他了吗？你见到他了吗？"

"我见到了！"天白咬牙说。

"他怎样？他好不好？"梦凡眼光灼热，声音急切。

"他很好，他好得不能再好了！"天白一把握住梦凡的手腕，"梦凡！你答应过我，如果夏磊已有改变，你会死心的！你跟我说过，你有心理准备……"

"是，是。"梦凡短促地应着，焦急地说，"你说吧！我什么都能承受！他怎样？到底怎样？"

"他变了！"天白脱口而出，"他不是以前那个夏磊了！他在这里，成了声名大噪的本主神，身边有了一个白族女孩……他三天之后就要结婚了……"

梦凡什么都听不见了，像有个焦雷，在她眼前轰然炸开，只感到脑中一片空白，就整个人瘫软下去了。

银妞一把抱住梦凡瘫下的身子，急声喊：

"天白少爷，你不能慢慢告诉她吗？小姐！小姐啊！你醒醒呀！醒醒呀！"

"怎么办？"康忠急忙往客找里跑，"我去找个大夫来！"正乱成一团，夏磊忽然排开众人，直冲而来。

"梦凡？梦凡！"他惊愕至极，震动至极，不能置信地看着梦凡那毫无血色的脸庞，他移过视线，看银妞，看康忠，再看天白，"你没有告诉我梦凡来了！你没有告诉我她亲自来大理了！你一个字都没说……"

"我为什么要说呢？"天白昂着头，"你心里已经没有梦凡，我为什么要告诉你，她千里迢迢，登山涉水来找你？你不配知道这个！你不配！"

夏磊俯下身子，一下子紧紧抱住了梦凡。刹那间，他眼睛里什么都没有了。没有天白，没有银妞，没有康忠，没有塞薇，没有白族人……天地万物，骤然凝聚成唯一的躯体，唯一的面庞。梦凡，他心底深处的渴求，他的意志，他的灵魂，他的思想，他的一切……他的梦凡。他用胳膊托住那梳着长发辫的头，眼光深深刻刻地凝视着这张唯一的面庞，他低声地说："梦凡，毕竟，今生今世，我们谁也逃不开谁。毕竟，今生今世，从东北到北京，已经是上天注定！从北京到大理，只是把注定的事，再注定一次……"他轻轻摇着她的头，泪水夺眶而出，落在她的面庞上。

梦凡悠然醒转，睁开眼睛，她接触到的是夏磊的脸，夏磊痛楚的凝视和夏磊的泪。她震动地抬起手来，去拭他的泪。

"夏磊。"她喃喃地说，"我看到你了！"

"是的，你看到我了！"夏磊哽咽而清晰地说，"你这样一个小小的女子，要有多大的毅力，才能说服干爹干娘，才能翻山越岭而来，你把不可能的事，变成了事实！你不是北京的望夫崖，你是大理的望夫云，你会移动，你会带来狂风，吹开洱海，吹醒那个沉睡的石骡子！"

梦凡挣扎起身，站了起来，眼光仍停留在夏磊脸上，生命力迅速地注回她的体内，她面颊红润，眼睛闪亮。

"我不知道你在说什么。"她如醉如痴，"但是，能够再听到你的声音，我就不虚此行了！我真希望就这样一直一直听你说！"

"嗯哼！"天白重重地咳了一声，喉中沙哑，眼中充泪，看了看四周已聚拢的白族人，"你们两个，能不能换一个地方去叙旧呢？再这样继续说下去，我看，整个大理的人都要来看戏了！"一句话提醒了夏磊，他蓦地抬头，这才看到，塞薇牵着刀娃，站在一大排白族人的前面，目不转睛地盯着这一幕。她头上，没有戴那光闪闪的帽子，身上，却仍然穿着那件华丽的白族新娘服。

"塞薇！"夏磊苦恼地喊了一声。

塞薇走了过来，仔细凝视梦凡。梦凡在这样强烈的注视下惊觉了，她扬起睫毛，迎视着塞薇。

两个女人对视了好一刻。然后，塞薇轻声问：

"你要把他带回北京吗？"

梦凡无言，飞快地看了夏磊一眼。

　　"塞薇。"夏磊拦了进来,歉然地看着塞薇,眼光里,盛满了歉疚和无奈,"我们的婚礼,必须取消!因为,梦凡,她来了!你知道……"

　　"我知道!"塞薇点着头,直视了梦凡片刻,"我懂了!"回过身子,她紧紧盯着夏磊,"你的意思是,我们的婚礼,没有了?"

　　天白、银妞、康忠都挺直了背脊,目不转睛地看夏磊。夏磊咬了咬牙,肯定地点了点头。

　　塞薇一转身,拉起了刀娃的手。刀娃已气愤得满脸通红,眼睛里全是怒火。

　　"我们走!"塞薇说。

　　姐弟两个,很快地消失了身影。

　　夏磊接触到许多对恼怒的眼光,他坦率地迎视着这些眼光,空气中忽然凝聚了一种紧张的气息。梦凡有些惊怔了,她环视四周,再看夏磊:

　　"夏磊,我不是来阻止你的婚礼的,我也不是来破坏你和白族人间的感情的,我更不是来扰乱你宁静幸福的生活的!我现在见到了塞薇,那个美丽的白族女孩,知道有人像我一样一样地爱你,我就很安慰,很满足了!你……放心,我会赶紧回北京去的!我会把你的幸福和宁静还给你!"

　　"你还不起!"夏磊粗声说,"你既然来了,你就再也还不起我的幸福了!除非你留在我身边!"他抬眼看天白、康忠、银妞,"走吧!先去我的小屋里聚一聚,我们有太多的话,该从头细谈了!"

40 塞薇

塞薇一口气冲到洱海的岸边上，她对着那辽阔的洱海和那环绕着洱海的苍山十九峰，跪了下去，匍匐于地，痛哭失声：

"山神啊！海神啊！你们要这样考验我吗？我是这么爱他呀！我一心一意要当他的新娘呀！山神、海神、猎神、土地神呀，你们告诉我，我该怎么办？我该怎么办？"

刀娃用力拉了塞薇一把，气冲冲地说：

"姐，你不要哭，我们回家告诉爹娘去！就是本主神也不可以这么做！我们把那个汉族女子赶出去！"

塞薇不说话，她只是哭，大声地哭，号啕痛哭。刀娃在旁束手无策。塞薇哭了足足快一小时才停止。她从洱海岸边站起来了，用衣袖拭去了泪痕，坚决地看刀娃：

"好了！我知道该怎么做了！"

"是山神告诉了你，还是海神告诉了你？"刀娃惊奇地问，"你不哭了吗？"

"不哭了！"塞薇站直了身子，脸庞上重新绽放着光彩，"各方神圣都在我耳朵边了一句话！"

"什么话？"

　　"网不住的鱼儿，是天意如此！"她说着白族的谚语，"放他去吧！他会带来更多的收获！"

　　刀娃似懂非懂。但，塞薇眼睛里闪耀着阳光，似乎一丝哀愁都没有了。

41 塞薇与梦凡

于是，这天晚上，塞薇捧着她那顶光灿灿的"登机"，带着刀娃和她的父母，一起来到了夏磊的小屋。

塞薇径直走到夏磊和梦凡面前，轮流注视着二人的脸孔，用力地点了点头。

"看样子，你们已经谈了很多！我猜，我也是你们谈话的一个题目吧！"

"塞薇！"夏磊站起身子，看着来的四个人，塞薇平静严肃，刀娃怒不可遏，塞薇的父母，全对他怒目以视。他的心脏猛烈地跳了跳，目前这种情况下，要说清楚自己的处境和决心，实在太难了！在北京望夫崖上发生的种种牵缠羁绊，怎是远在大理的白族人所能了解？他困难地凝视塞薇，艰涩地开了口："塞薇，我跟你说过我的故事，我从来没有隐瞒你，在我的生命中，一直有个……"

"本主神！"塞薇忽然接口说，目不转睛地看着梦凡，"你就是他的本主神啊！每个人心里有自己的本主神，你一直是他的本主神！我对你太熟悉了。你的地位，不是任何凡间女子可以取代的！今天我一见到你，已经什么都明白了！也终于了解夏磊为什么不能忘记你！我真高兴……"她喉中微哽了一下，甩甩头，露出了潇洒的笑，

"我真高兴你来了！我想，世界上只有你，才能解除夏磊的不快乐。以后，我们都能看到一个快乐的本主神，和本主神娘娘了！"她双手高举自己的"登机"，虔诚地走上前去："这是白族新娘的帽子，是我的'登机'，我把它送给你。只请求你一件事，不要带走我们的本主神！他在这儿，教我们的孩子读书认字，为我们的老弱妇孺治病疗伤，我们需要他！"她转头热烈地看夏磊，"我们不只欢迎你，也欢迎你的梦凡！"

夏磊目瞪口呆地看着塞薇，说不出有多少震动和感激。此时，刀娃冲了过来，对着夏磊胸口，一拳捶去：

"你气死我了！气死我了！"他挥着胳臂大叫，"婚礼都准备好了！好多村子、寨子都要来参加婚礼了！我们要唱三天三夜的歌，跳三天三夜的舞，我准备了三大篓的'气椒'，你怎么可以这样子？你怎么可以取消婚礼？你气死我了！气死我了……"

小刀娃还没有嚷完，族长已大踏步冲了过来。走过去，他不由分说就抓起了夏磊胸前的衣服，把他整个人拎了起来，鼻子对着夏磊的鼻子，眼睛瞪着夏磊的眼睛，他震耳欲聋地大声吼：

"你想取消婚礼，门都没有！你把我们白族人小看到什么地步？远近三百里以内，苗族、傣族、哈尼族、彝族……各族的老老少少，都联络好了，要来参加这个婚礼，大家要尽兴狂欢，怎么是你说取消就能取消的！你虽然是本主神，也不能这样不守信用……"

"所以……"塞薇语气铿锵，坚定有力地说，"三天后的婚礼，一定要如期举行！大家都兴冲冲要狂欢一场，我们就让大家狂欢一场！新郎是现成的，只不过把新娘换个人而已！"

夏磊、天白、银妞、康忠、梦凡都面面相觑，惊愕得说不出话来。

"夏磊！"族长吼着，"你可以不要我这个笨丫头，但是，你敢拿我们白族人开玩笑，我们会打断你的骨头！"

"爹爹呀！"塞薇睁着美丽的大眼睛，"你不是常常教我吗？网不住的鱼儿，就让它去吧！鱼儿尚且如此，何况是本主神呢？如果硬要去网那网不住的鱼，会把渔网弄破的！爹呵，我们不要弄破渔网吧！何况，你的女儿，还有一大群白族的好青年，在排队呢！"

族长掀眉瞪眼，重重地放下夏磊。

"谁叫你是我们的本主神呢！"他瞪着夏磊，讲价似的大声说，"这么说，婚礼是不能取消的！怎么样？怎么样？你依还是不依？你说！"

夏磊全心激荡，感动万分地对塞薇含泪一笑，说：

"我同意。"

他看向梦凡："你呢？愿不愿意当我的白族新娘？愿不愿意为我留在这个地方？"

"我愿意！"梦凡诚心诚意地喊了出来，"我愿意！我愿意！"

"我愿意！"她又一迭连声地重复着。

塞薇双手高捧着"登机"，梦凡低下头来，感动至深地接受了这顶帽子。

"哇！"天白雀跃三丈了，这一生，似乎都没有如此欢欣过，他大叫着说，"我要喝酒！我要喝酒！夏磊，赶快把你密藏的白族酒、苗族酒、哈尼族酒……全体搬出来吧！"

⁴² 白族婚礼

于是，三天之后，夏磊和梦凡，举行了盛大的白族婚礼。

附近的苗族、哈尼族、彝族……好多少数民族全来了。壮男和少女组成了不同服装的队伍，唱着歌，吹着唢呐，打着腰鼓，一路跳舞跳进三塔下的广场，广场上，火把一束又一束地燃着，准备要通宵达旦地狂欢。他们纵情地喝酒、唱歌，欢呼不断。

夏磊骑着马，穿着一身白族服装，迎娶了梦凡。

梦凡戴着闪闪发光的登机，穿着全是银色流苏的白族新娘服，在塞薇和众白族姑娘的高歌下，簇拥到夏磊面前。众白族人高声大叫着：

"新郎新娘喝同心酒！喝同心酒！喝同心酒！"

一个大木盆，盛满了酒，被一排小伙子送上来。

夏磊和梦凡低头喝了酒。众白族人欢呼着，抢上来分剩余下来的酒。酒盆在众人手中轮流转动，许多酒泼洒出来，淋了一身酒的青年男女手携着手，欢笑的又歌又舞，唱着"迎亲调"：

山茶花最香最香，

引来的蜜蜂最忙最忙，

最漂亮的姑娘，

引来的小伙子最强最强！

山茶花最香最香，

最漂亮的姑娘，

就是今天的新娘！

蜜蜂最忙最忙，

小伙子最强最强，

就是今天的新郎！

调子一转，唢呐声独奏了一段。然后，三弦、皮鼓齐鸣，歌声响彻云霄：

天生的一对鸳鸯，

相配的一对孔雀。

贴心的新郎与新娘！

像合意的琴弦，

心跳在一个拍子上，

像合音的葫芦笙，

心连在一个调子上！

两颗跳动在一起的心啊，

洁白得像银子一样，

像芭蕉蕊一样芬芳！

　　舞蹈的队伍从四面八方涌来，把夏磊和梦凡簇拥在广场的中央，队伍像花瓣般散开，新郎和新娘恰如花蕊，相拥相依。

　　夏磊伸手托起了梦凡的下巴，凝视着那张闪耀在阳光下的脸庞！望夫崖上的梦凡啊！她毕竟没有成为石头！那从童年时代起，就成为他心灵的主宰的梦凡啊，终于成了他终身的伴侣！他的心热烘烘的，充满了对上天的感恩之心。充满了对梦凡的热爱与敬佩。从没有一个女人，追求爱情的决心像梦凡一样坚强！坚如石，韧如丝，热如火，柔如水。梦凡，梦凡，你是怎样的女人呵！

　　"梦凡！"他在一片高歌与欢呼声中，对梦凡感触万千地说，"真没想到，我们一个出生在冰雪苍茫的原始森林里，一个出生在画栋雕梁的深宅大院里，我们居然会相遇！相遇之后，又经历了长达十四年的时间，走了大半个中国，历经悲欢离合……然后，会在这遥远的大理城，完成了'白族婚礼'！我终于不能不相信，'千里姻缘一线牵'这句话了！"

　　梦凡无语，只是痴痴地、痴痴地看着夏磊。这得来非易的新郎呵！然后，虽然在千百双眼光的注视下，他们却紧紧相拥了。

　　羊皮鼓咚咚咚狂敲，唢呐、号角再度齐鸣。白族的歌舞声响彻云霄：

　　　　山茶花最香最香，
　　　　引来的蜜蜂最忙最忙，
　　　　最漂亮的姑娘，
　　　　引来的小伙子最强最强……

天白已经被拉入白族队伍，也忘形地歌舞起来，连康忠、银妞也都卷入了歌舞中。

天生的一对鸳鸯，
相配的一对孔雀，
贴心的新郎与新娘！
像合意的琴弦，
心跳在一个拍子上，
像合音的葫芦笙，
心连在一个调子上！
两颗跳动在一起的心啊，
洁白得像银子一样，
像芭蕉蕊啊……一样芬芳！

图书在版编目（CIP）数据

望夫崖 / 琼瑶著 . —长沙：湖南文艺出版社，2018.6
ISBN 978-7-5404-8652-5

Ⅰ．①望… Ⅱ．①琼… Ⅲ．①言情小说—中国—当代 Ⅳ．① I247.5

中国版本图书馆 CIP 数据核字（2018）第 068561 号

上架建议：畅销·小说

WANGFUYA
望夫崖

作　　者：琼　瑶
出 版 人：曾赛丰
责任编辑：薛　健　刘诗哲
监　　制：毛闽峰　李　娜
特约监制：何琇琼
版权支持：戴　玲
特约策划：李　颖　张园园　赵中媛　张　璐　杨　祎
特约编辑：张明慧
营销编辑：杨　帆　周怡文
装帧设计：利　锐
封面插画：季智清
出版发行：湖南文艺出版社
　　　　　（长沙市雨花区东二环一段 508 号　邮编：410014）
网　　址：www.hnwy.net
印　　刷：北京鹏润伟业印刷有限公司
经　　销：新华书店
开　　本：860mm×1200mm　1/32
字　　数：126 千字
印　　张：6.5
版　　次：2018 年 6 月第 1 版
印　　次：2018 年 6 月第 1 次印刷
书　　号：ISBN 978-7-5404-8652-5
定　　价：39.80 元

若有质量问题，请致电质量监督电话：010-59096394
团购电话：010-59320018